까망머리 주디

푸른도서관 3

까망머리 주디

초판 1쇄 / 2004년 4월 20일
초판 13쇄 / 2014년 7월 5일

지은이 / 손연자 **펴낸이** / 신형건
펴낸곳 / (주)푸른책들 **등록** / 제321-2008-00155호
주소 / 서울특별시 서초구 양재천로7길 16 푸르니빌딩 (우)137-891
전화 / 02-581-0334~5 **팩스** / 02-582-0648
이메일 / prooni@prooni.com **홈페이지** / www.prooni.com
카페 / cafe.naver.com/prbm **블로그** / blog.naver.com/proonibook

ISBN 89-5798-008-3 03810

이 도서의 국립중앙도서관 출판시도서목록(CIP)은 서지정보유통지원시스템 홈페이지(http://seoji.nl.go.kr)와 국가자료공동목록시스템(http://www.nl.go.kr/kolisnet)에서 이용하실 수 있습니다.
(CIP제어번호: CIP2012004661)

표지 및 본문 그림 | 원유미

어린이는 우리의 미래 초록우산 어린이재단
(주)푸른책들은 도서 판매 수익금의 일부를 초록우산 어린이재단에 기부하여 어린이들을 위한 사랑 나눔에 동참합니다.

손연자 성장소설

까망머리 주디

푸른책들

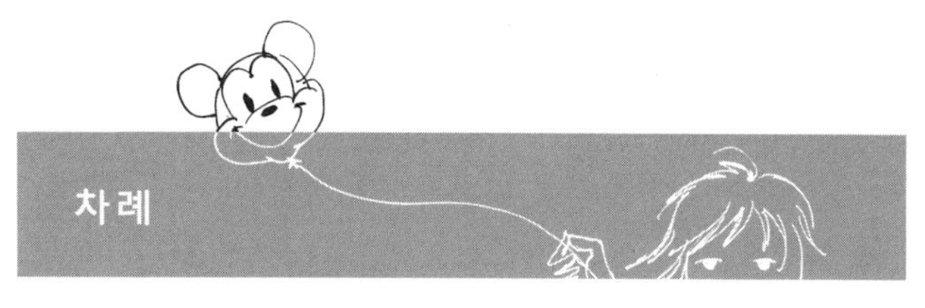

차 례

첫 데이트 ✲ 7

노란 원숭이 ✲ 18

바닷가의 인디언 할머니 ✲ 30

몬스테라 화분 옆에서 ✲ 45

바나나와 가시 선인장 또는 혹 ✲ 56

해야 솟아라 ✲ 69

너는 새 우리는 나무 ✲ 85

유진 오빠 ✲ 99

풋사과 사건 ✲ 116

창밖에는 주룩주룩 비가 내리고 ✲ 125

여름이의 편지 ✲ 140

고양이를 찾아서 ✲ 162

너 괜찮니? ✲ 176

모든 겨울날에는 끝이 있다 ✲ 188

작가의 말 ✲ 205

첫 데이트

학교 버스가 아만다네 가게 앞을 도는 시간은 으레 일곱 시 사십 칠분이었다. 주디는 서둘러 참치 샌드위치를 한 입 베어 물었다. 양상추 줄기가 비죽이 나온 쪽이었다. 삼 분 후, 버스는 정확하게 느릅나무 앞에서 멈추어 설 것이다. 주디는 유리잔 밑에 남아 있던 우유를 마저 마셨다.

"엄마, 데이빗 오빠는요?"

이층에 있는 오빠 방을 올려다보았다. 조용했다. 엄마는 방금 뚜껑을 닫은 도시락 통을 내밀었다. 뚜껑에는 바다에서 솟

구친 아기돌고래가 활짝 웃고 있었다.

"어제 새로 산 자전거 있잖니. 그걸 타고 가겠다고 조금 전에 나갔단다."

"벌써요?"

은빛 자전거가 떠올랐다. 옷에다 잔뜩 바람을 부풀리면서 오빠는 신나게 달리고 있을 것이다. 뒤통수의 꽁지머리를 깝죽이면서.

"아빤 언제 돌아오세요?"

"모레."

엄마는 짧게 대답했다. 그러면서 이마에 흘러내린 금발을 쓸어 올렸다.

"엄마, 오늘 아침은 아주 매력적이야."

"오, 그러니? 땡큐!"

초록 눈동자에 상냥한 미소가 넘쳤다.

'나도 엄마처럼 금발머리에다가 초록 눈이라면 얼마나 좋을까?'

벽거울에 비친 자신의 얼굴을 보았다.

누르스름한 얼굴에다 검은 눈동자, 낮은 코.

주디는 슬며시 고개를 돌렸다. 동양 사람의 얼굴은 모두가 넙데데해 보인다. 이목구비가 뚜렷한 서양 사람의 얼굴과 확

연히 달라 멀리서 보아도 금방 표가 난다. 주디는 가만히 한숨을 삼켰다.

노란 학교 버스가 느릅나무 잎 사이로 보였다. 버스는 길게 뻗은 느릅나무 가지 끝에서부터 안쪽으로 슬슬 기어오고 있었다.

"다녀올게요."

주디는 엄마 뺨에다 입맞춤을 했다. 그리곤 후닥닥 현관문을 밀었다. 투구 모양의 작은 구리쇠 종이 잘가랑거렸다. 돌계단 세 개를 한꺼번에 뛰어내렸다. 운동화 밑에서 퍽, 소리가 났다. 개미가 근처를 지나가는 중이었다면 깜짝 놀랐을 거라는 생각이 언뜻 머리를 스쳤다. 주디는 정원을 가로지르면서 튤립꽃 무더기를 뛰어 넘었다.

곧 버스의 문이 열릴 것이다. 흑인 운전 기사인 척스 아저씨는 한 줄로 서 있는 아이들에게 고릴라 표정을 지어 보일 것이다. 주디는 긴 까망머리를 날리며 버스를 향해 달렸다. 옆집의 털북숭이 요요가 컹컹 짖어 댔다.

맨 마지막으로 주디가 버스에 오르자 학교 버스는 나무 향내 가득한 바람을 가르며 사이몬드 초등 학교로 달려갔다. 척스 아저씨가 두툼한 입술을 오므려 가만히 휘파람을 불었다.

♬~ ♪

그림자가 내 발꿈치를 꽉 물고 있더군

그래서 물었지, 넌 누구냐고?

그는, 그러니까 내 그림자는 놀라 달아나려 했어

왜일까? 오호 오호 왜일까? ♪

그런 노래였다. 통통한 새 한 마리가 척스 아저씨의 입 속에서 호르르르, 노래를 한다. 그 새도 아저씨를 닮아 검은 새일 것이다. 아저씨는 검은 뺨을 팽팽하게 부풀리며 한껏 멋을 내 곡조를 꺾었다. 그럴수록 '오호 오호'를 부르는 대목은 칙칙했다.

"주디! 모른 척하기니?"

뒷자리에 있던 아만다가 어깨를 두드렸다.

"너 어제 꾀병 부린 거 다 나았어?"

뒤로 고개를 돌리며 주디는 대뜸 궁금증부터 풀었다.

"안 통해."

아만다가 고개를 흔들었다. 옆에는 엄지손가락을 입에 무는 게 버릇인 1학년짜리 동생 폴이 야구 모자를 삐딱하게 쓴 채 앉아 있었다.

"안 통해!"

폴이 누나 말을 따라 했다. 폴의 엄지손가락은 희끄무레하니 쭈글쭈글했다.

"배가 아프다고 그냥 대굴대굴 구르지 그랬어."

"그랬다가 강제로 입을 벌려 설사약을 부으면 어쩌게? 우리 엄만 그러고도 남아."

아만다가 어깨를 으쓱 치켰다가 내렸다.

"우리 엄만 그러고도 남아!"

폴이 침에 퉁퉁 부른 엄지를 휘두르며 흉내를 냈다.

"앤 못 말려!"

아만다가 표정 없이 말했다. 주디가 눈에다 힘을 주었다.

"꼬마야, 그 이상한 손가락은 그냥 입에다 넣어 두는 게 낫겠다. 남의 말을 흉내내느라고 수고하지 말고."

"내 맘이지 누나 맘이야?"

폴이 혀를 쏙 내밀어 도리질을 했다. 주디가 폴의 야구 모자를 잡아당겨 코 아래로 내려뜨렸다. 갑자기 목이 선뜻했다.

"앗, 차가워!"

"히히힛!"

폴이 웃었다. 손에 든 물총에서는 마지막 물방울이 똑 떨어지고 있었다.

"요걸 그냥?"

주디는 얼굴을 있는 대로 구기며 주먹 으름장을 놓았다. 그러는 동안 누군가의 눈길이 느껴졌다. 고개를 돌려 보았다.

"어머나!"

로빈이었다. 주디는 금세 목을 움츠려 앉은키를 줄였다. 가슴이 쿵 뛰었다. 그가 학교 버스를 탄 건 뜻밖이었다. 그가 사는 바닷가 근처의 딜은 이쪽 동네하고 반대인 셈이다. 그러므로 척스 아저씨의 버스를 타는 일은 한 번도 없었다.

'하필이면 이럴 때…….'

주디는 의자 등받이 옆으로 살그머니 로빈을 훔쳐보았다. 헐렁한 잼스 반바지에 더블류 자가 굵다랗게 써 있는 청색 티셔츠 차림이 눈에 띄게 산뜻했다. 파란 눈을 반이나 덮은 더벅머리 금발은 또 얼마나 멋있는지. 가슴이 뛰고 얼굴이 화끈거렸다. 폴이 눈치도 없이 주디의 머리를 잡아당겼다.

"가만히 있어."

어금니를 꽉 물고 짓누르듯 말했다. 낌새가 이상했던지 아만다가 버스 안을 휘둘러보았다.

"오 맙소사, 로빈이잖아?"

나지막한 놀람의 소리가 터져 나왔다. 갑자기 날아온 공에 머리를 맞았을 때처럼. 쿡! 웃음이 나왔다. 보나마나 그렇지 않아도 큰 눈이 더 커졌을 것이다. 열매를 맺은 지 한 달하고도 일주일쯤 되는 코코넛만큼이나.

"오 맙소사, 로빈이잖아?"

폴이 또 앵무새 노릇을 했다. 주디는 로빈이 저와 폴을 싸잡아 볼지도 모른다는 생각에 자글자글 조바심이 끓었다. 이 자리를 피할 수만 있다면 볼펜 뚜껑만한 난쟁이가 되어도 좋을 것 같았다.

"폴, 따라 하지 말고 조용히 있어."

주디가 엄하게 속삭였다.

"따라 하지 말고 조용히 있어."

폴이 똑같이 속삭이고는 배를 싸쥐고 킥킥거렸다.

어느새 버스가 학교 정문을 들어서고 있었다. 여간 다행이 아니었다.

"자, 다 왔다. 모두들 좋은 하루가 되기를."

버스는 맨 뒷좌석에서부터 차례차례 질서 있게 비어 갔다. 척스 아저씨의 두툼한 입에선 또다시 검은 새가 조용히 노래했다. 로빈이 주디 옆을 지날 때였다. 무릎 위로 무언가가 툭 떨어졌다. 쪽지였다. 주디는 재빨리 주먹을 쥐어 쪽지를 감추었다. 가슴이 철렁하더니 조그르르 오그라들었다.

"그만 내리세요, 멍청한 손님!"

아만다가 귀에다 대고 말했다. 버스에 남은 사람은 단 둘뿐이었다. 주디는 허둥거리며 뛰어내렸다. 폴은 다람쥐처럼 사라지고 없었다. 교실로 들어가는 아이들로 운동장은 부산스러웠다. 주디는 아만다의 손목을 잡아끌고 잔디밭 긴 의자로 가서 앉았다.

"로빈이 너한테 편지를?"

예상했던 대로 아만다는 호들갑을 떨었다. 눈에는 부러움이 넘쳐흘렀다. 로빈한테 편지를 받은 사실을 알면 같은 반 여자 애들 모두가 아만다 같을 것이다. 거만한 발레리나 찬드라도 빨강머리 로리타도. 아마 미스 아메리카 후보인 린다는 너무 샘이 나서 팔팔 뛸 것이다. 아니다. 로빈의 인기로 보아 5학년 전체 여자 애들이 다 그럴 것이다. 왜 안 그렇겠는가? 상대가 로빈 케이 데퍼필드인데.

"이건 정말 뜻밖이야. 주디, 어서 펴 보자. 빨랑빨랑!"

아만다가 발을 동동 굴렀다. 주디는 하늘을 올려다보았다.

높푸른 하늘 바다에 물고기 한 마리가 헤엄쳐 다닌다.

파랗게 흔들리는 물결, 물결들!

주디는 상기된 얼굴로 편지를 펼쳤다. 굵고 힘있는 글씨가 눈에 들어왔다. 로빈의 글씨는 단번에 덩크 슛을 했을 때만큼이나 멋져 보였다.

바다를 좋아하니?

토요일 12시.

딜의 바닷가.

성 피에타 피잣집에서

만나자, 시간이 있으면!

편지는 짤막한 단어들로 툭툭 끊겨져 있었다. 버스가 흔들려서였을 것이다. 연필로 휘갈겨 쓴 글자들이 비틀거린다. 주디는 '시간이 있으면' 의 티(t)자 양쪽 끝에 그려 놓은 동그라미를 보았다. 잘 익은 사과 같기도 하고 심장 모양의 하트 같기도 했다.

"아휴, 시간이 있으면이라니!"

아만다가 한숨을 쉬었다. 같은 반 남자 애들이랑 여자 애들이 함께 몰려다니는 경우는 있어도 이렇게 단 둘만의 만남은 흔한 일이 아니다. 주디 입가에 웃음꽃이 맺혔다. 한쪽 볼우물이 보일락 말락 패였다가 사라졌다.

"칫, 그렇게도 좋으니?"

아만다가 밉지 않게 눈을 흘겼다. 수업 시작을 알리는 예비

종이 길게 울리자 둘은 교실로 달려갔다. 지각을 하면 노는 시간 내내 주근깨투성이 담임인 갤빈 선생님 옆에 서 있어야 한다. 그건 끔찍한 일이다.

주디는 하루종일 구름 위에 떠 있었다. 교실에서, 체육관에서, 지금은 제 방에서. 열린 창문으로 파스텔 빛깔의 꽃바람이 불어왔다. 뜰을 쓸고 온 바람이었다. 창문에 늘어진 쉬폰 커튼이 가만가만 흔들렸다. 주디는 눈을 감고 깊은 들숨을 쉬었다. 꽃과 풀과 나무의 향내가 뒤섞여 있었다. 가슴속이 싱그러웠다.

"주디야, 감자 좀 까 줄래?"

이층 난간을 타고 엄마의 목소리가 올라왔다.

"알았어요, 엄마."

주디는 계단을 하나하나 세듯 천천히 내려왔다. 온 몸을 감도는 오롯한 감정이 흐트러질까 봐서였다. 감자 깎는 칼이 싱크대 옆에 걸려 있는데도 주디는 얼른 찾지 못했다. 냉장고에서 고깃덩어리를 꺼내던 엄마가 주디를 힐끗 바라보았다. 주디의 눈길은 창턱에 놓인 안시리움 화분에 머물러 있었다. 로빈의 얼굴이 안시리움의 초록 잎에, 잎 모양과 똑같은 빨간 꽃에 나타났다 사라지곤 했다. 가슴이 자꾸만 쿵쿵 뛰었다.

"너 무슨 좋은 일이 있구나. 그렇지 주디?"

엄마가 물었다. 엄마의 물음은 백 미터 달리기 신호의 총소리였다. 주디는 여름 하늘로 치솟기 시작한 분수처럼 단숨에 이야기를 털어놓았다.

"엄마, 글쎄 우리 반에서 제일 멋있는 로빈이 데이트 신청을 했어요. 어떻게 이런 일이 나한테 있을 수 있어요? 우리 반에 예쁜 애들이 얼마나 많다고요. 로빈이랑 첫 데이트라니! 이건 환상적이에요. 걔네들이 이 사실을 알면 아마 배가 아파서 데굴데굴 구를 거예요."

"아하, 그래서 그렇게 들떠 보였구나. 축하한다. 예쁘게 하고 가렴. 엄마도 너처럼 5학년 때 아빠랑 첫 데이트를 했단다."

주디는 감자 껍질투성이 손으로 엄마의 허리를 껴안았다. 엄마가 비틀거렸다. 주디는 오래도록 깔깔거렸다.

노란 원숭이

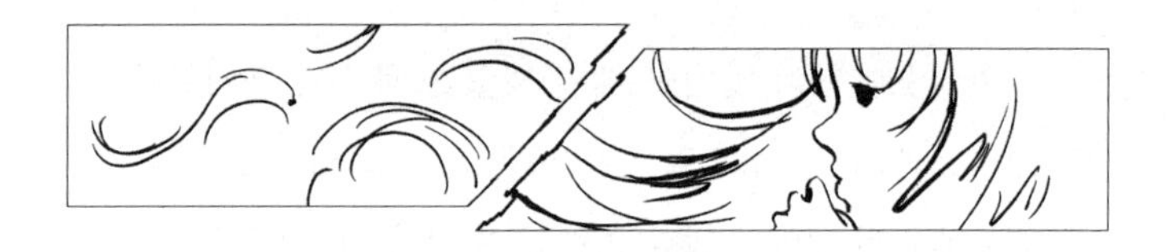

저녁 설거지를 끝내고 나자 주디는 데이빗 오빠의 방문을 두드렸다. 오빠는 숙제를 하느라 정신이 없었다. 법정에서 유죄나 무죄를 결정하는 배심원 제도를 그대로 둘 것인지, 아니면 폐지할 것인지에 대한 숙제였다. 오빠 방은 신문지 조각이 널브러져 있어 발을 디딜 틈이 없었다. 주디는 침대 위로 뛰어올라갔다. 베개가 굴러 떨어졌다.

"납작코가 뛴다고 솟는 거 봤니?"

오빠가 이죽거렸다. 운동화 끈으로 동여맨 꽁지머리가 벽에다 건들건들 그림자를 그렸다.

"걱정 마, 어느 날 갑자기 피노키오처럼 코가 길어질지 누가 알아?"

주디는 명랑했다. 오빠가 노트북 컴퓨터에서 손을 떼더니 돌아보았다.

"웬일이니? 납작코라고 하면 토라지던 네가?"

"오빤 내가 어린애로만 보이지? 천만의 말씀, 나도 이젠 어엿한 숙녀라는 걸 알아 줘야겠어."

"뭐, 숙녀? 으흐흐. 이거 개구리 배꼽 빠질 일이네."

오빠는 어깨를 들썩이며 킬킬거렸다. 옆집의 요요가 짖어댔다. 주디는 틀어 올렸던 머리핀을 뺐다. 까망머리가 차르르 흘러내려 어깨를 덮었다.

"오빠!"

괜스레 머리를 풀어 내리고 손가락 빗질을 하던 주디가 어렵게 입을 열었다.

"할 얘기 있으면 해 봐. 괜히 예쁜 머리 들볶지 말고."

오빠는 여전히 장난을 치는 말투였다.

"있지……, 오빤 어떤 여자가 좋아?"

"여자? 후후훗."

오빠는 웃기부터 하더니, 컴퓨터 글자판을 두드리던 손을 멈추지 않고 지나가는 말처럼 말했다.

"물론 너 같은 여자지."

"피이, 거짓말. 나 같은 여자가 어떤데?"

"배고픈 새들을 위해 나뭇가지에다 우유팩 모이통을 매달아 날마다 모이를 채워 놓는 여자, 아기 우는 소리만 듣고도 눈물을 글썽이는 여자. 그리고 동양 여성의 매력이 잘 드러나 있는 여자."

"오빠, 그거 나 흉보는 말이지?"

"흉은. 너 칭찬하는 거야, 인마."

"나한테 뭐 심부름시키려고 그러는 거 아냐?"

"아냐, 맹세코. 믿어도 돼."

주디는 기뻤다. 이틀 후에 로빈을 만날 일이 하나도 걱정되지 않았다.

토요일은 당나귀 등을 타고 오듯 그렇게 더디게 왔다. 그래도 토요일은 왔다. 티티새는 아침 햇살이 날개깃에 닿는 즐거움을 조로롱조로롱 노래했다.

"엄마, 나 무슨 옷을 입고 갈까? 플루트 연주할 때 입었던 드레스를 입을까?"

"그건 좀 곤란하지 않겠니? 무대도 아닌데."

아침부터 주디는 옷장이란 옷장은 다 뒤지면서 법석을 떨었다.

"하얀 블라우스에다 빨간 체크무늬 치마는?"

"호호호, 너무 상식적인 차림이야."

"그럼 어떤 걸 입지?"

"글쎄, 어쨌든 잘 어울리는 걸 입도록 하렴."

"안 되겠어요, 엄마. 너무 옷에 신경을 쓰면 속보일 거 같아. 그냥 청바지에다 티셔츠 입을래."

"그러렴. 엄만 자원봉사 때문에 지금 병원에 간다. 그럼 이따 보자."

엄마는 별로 도움이 안 되었다.

'로빈의 눈에 확 띄면서도 요란스럽지 않고 멋있어 보이게 할 수는 없을까?'

옷마다 가슴에 대고 거울을 보던 주디가 손뼉을 쳤다.

"너희 가게에 머리 염색약도 있니?"

마침 아만다가 전화를 받았다.

"물론이지. 우리 집엔 없는 것 빼고는 다 있어."

"그럼, 금발색으로 하나 가지고 올래? 빨랑 와야 해."

주디의 목소리는 터질 듯 통통 튀었다. 수화기를 놓은 지 얼마 안 되어 자전거 소리가 들렸다. 아만다는 한달음에 달려왔나 보았다. 둘은 재잘거리며 목욕탕으로 들어갔다.

"아만다, 너 머리 염색해 본 일 없지?"

"무슨 섭한 말씀, 이래봬도 난 미용 전문가야. 우리 엄만 내 단골 손님이셔."

아무래도 그건 아니지 싶었다. 아만다 엄마의 머리는 늘 부수수했다.

"주디! 꼼짝 말고 가만히 있어."

아만다가 수술용 고무장갑을 끼더니 세면대에다 주디의 머리를 박아 넣었다.

염색 과정은 내내 거칠었다. 아만다는 솔에다 염색약을 묻혀 가지고 처덕처덕 발라댔다.

"어머머, 얘 좀 봐. 머릿결을 따라서 꼼꼼하게 해야지, 그렇게 건성건성 문지르면 어떻게 해?"

"어허, 건성건성이라니? 그건 전문가를 모욕하는 말이야."

주디의 머리는 이내 까치집이 되어갔다. 아만다는 자신이 얼마나 훌륭한 머리 염색 전문가인지를 지치지 않고 떠들어댔다. 그러나 아만다는 눈썰미가 있었다. 머리를 헹구고 빗질을 해 보니 뜻밖에도 주디의 금발은 눈부셨다. 아만다도 자신의 솜씨에 놀란 모양이었다.

"성공이다!"

"됐어!"

둘은 손바닥을 딱 소리나게 마주쳤다.

"주디, 아주 멋있어. 까망머리였을 때보다 훨씬."

"아만다, 너 거짓말하기 없기다."

주디는 머리를 거울에다 요리조리 비추어 보았다. 아만다에게 도움을 청하길 잘했다는 생각이 들었다. 주디는 옷장을 열어 청바지와 흰 티셔츠를 꺼냈다. 그런데 아만다가 구석에 걸려 있던 붉은 포도주빛 실크 원피스를 낚아채듯 꺼내서 주디에게 입혔다. 그리곤 엄마의 향수까지 가져다 뿌리며 옷매무새를 다잡아 주었다. 아만다는 첫 데이트를 나가는 동생을 위해 곰살갑게 시중을 들어 주는 큰언니 같았다. 주디는 날아갈 듯 맵시가 났다.

"와! 로빈이 뿅 가겠는걸."

아만다가 주디를 뱅그르르 돌렸다. 치마 끝이 활짝 펴지다가 사뿐 내려앉았다. 색 고운 나비가 깃을 접었다.

"나 이 옷 안 입을래. 로빈이 청바지 차림으로 나오면 나만 튀잖아?"

"로빈은 로빈이고 너는 너야. 하지만 정식으로 데이트 신청을 했으니까 아무거나 막 입고 나오진 않을걸?"

아만다가 주디의 어깨를 꽉 잡아 꼼짝 못하게 했다.

"너희들, 피자 먹은 다음엔 뭐 할 거니?"

아만다가 물었다.

"글쎄, 아마 영화관에 갈걸."

"뭘 볼 건데?"

" '지' 나 '피 지 써틴' 이겠지."

"얘, 이왕이면 '아르' 나 '엑스' 가 어떻겠니?"

둘은 까르르 웃으며 허리를 잡았다. '지(G)' 는 아이들이 보는 영화이다. 그러나 영화 포스터에 '아르(R)' 나 '엑스(X)' 라고 찍힌 것은 어른들만 볼 수 있다. 사실 '피 지 써틴(PG 13)' 이 찍힌 것도 열세 살 이하는 부모와 함께 들어가야 한다. 그렇지만 야한 게 아니면 그 정도까지는 표를 받는 사람이 눈감아 주었다.

"넌 이제부터 뭘 할 건데?"

아만다는 대답 대신 주디의 인형을 집어 들었다. 고개가 갸우뚱 기울어졌다.

"주디, 이 인형 좀 이상하지 않니?"

아만다 눈에는 독특한 디자인의 노란 블라우스와 분홍 스커트가 낯선 것 같았다.

"왜, 어때서? 다른 인형보다 특이하고 재미있잖아."

주디는 인형을 빼앗아 잠깐 가슴에 품었다가 머리맡에다 뉘어 놓았다. 시계 속 뻐꾸기가 문을 밀치더니 열한 시를 알렸다.

빼꾸기 소리에선 숲의 향내가 났다. 주디는 발딱 일어났다.

주디가 탄 버스가 맘모스 은행을 돌아서자 차창 안으로 바다가 쏟아져 들어왔다. 잉크빛 바다였다. 버스에서 내린 주디는 성 피에타 피잣집을 향해 곧장 걸어갔다. 파도 소리가 뒤따라와서는 하얗게 부서졌다.

'안녕, 로빈?'

'많이 기다렸니?'

'여기 경치 참 멋있다. 바다가 있어서.'

주디는 로빈한테 해 줄 첫마디를 생각하면서 성 피에타의 문을 밀었다. 수업이 없는 토요일의 피잣집은 학생들로 제법 붐볐다. 로빈은 맨 끝 창문 가에 등을 돌리고 앉아 있었다. 주디는 다가가 맞은편 의자에 앉았다. 로빈의 눈길이 금발로 가 멎었다. 주디는 엷은 미소를 지으면서 그의 입에서 터져 나올 감탄의 말을 기다렸다. 그러나 로빈이 뱉어낸 말은 그게 아니었다.

"우웩, 노란 원숭이!"

느닷없이 로빈이 갤갤갤 웃음을 터뜨렸다. 옆으로 웅크리고 앉은 그의 어깨가 아래위로 물결쳤다.

'얘가 방금 뭐라고 했지?'

갑자기 귀가 먹먹해지더니 윙 소리가 울렸다.

"노란 원숭이?"

주디는 로빈의 말을 되풀이했다.

'내가?'

무슨 영문인지 알 수가 없었다. 주디는 멍한 표정으로 눈만 깜빡거렸다. 다음 순간이었다. 로빈의 말이 산울림이 되어 주디의 귀청을 때렸다.

'노오라안안안 워언숭이숭이숭이!'

숨을 쉴 수가 없었다.

"그 말 무슨 뜻이지?"

주디는 뚫어져라 로빈을 쳐다보았다. 주디의 속눈썹이 파르르 떨렸다.

로빈이 정색을 했다.

"주디, 네 눈썹은 새까만데 머리는 샛노래. 어떻게 된 건지 설명해 줄래?"

겨드랑이를 벅벅 긁어 대는 빨간 엉덩이 원숭이, 로빈은 그런 원숭이를 생각하는 모양이었다. 로빈에게서 또 한바탕 웃음이 터져 나왔다. 요란한 웃음소리였다.

'로빈이 날 보고 웃는다!'

'거침없이 웃는다!'

주디는 로빈을 똑바로 쳐다볼 수가 없었다.

눈을 내리깔고 가만히 입술을 깨물었다.

"주디!"

로빈이 앞으로 몸을 기울여서는 늙은 구두쇠같이 속삭였다.

"너같이 얼굴이 누르스름한 동양 아이한테 그런 금발이 어울린다고 생각하니?"

"도, 동양 아이? 내, 내가?"

"여기 너말고 동양 아이가 또 있어? 잘 들어. 네가 학교 강당에서 플루트를 연주했던 그날 넌 얼마나 신비스러웠는지 몰라. 그런 생각은 나뿐이 아니었어."

로빈은 아주 진지했다.

"까맣고 긴 머리, 가냘프고 조용한 동양적인 분위기! 난 그런 네가 맘에 들었어. 그래서 너랑 친구가 되고 싶었던 거야. 주디, 넌 다른 여자 애들이랑 달랐어. 그게 네 매력이야. 그런데 지금은 아냐. 난 가겠어."

로빈은 일어났다. 모처럼 맨 주홍색 줄무늬 넥타이가 작은 바람을 일으켰다. 툭 튀어나온 금발의 뒤통수를 꼿꼿이 세우고서 로빈은 걸어 나갔다. 그리고는 그예 성 피에타의 문을 밀었다.

'잰 왜 나가는 거지? 날 여기 성 피에타에 혼자 남겨 두고

지금 잰 어딜 가는 거지?'

주디는 손톱을 물어뜯었다. 창 밖의 바다가 덮칠 듯 으르렁거렸다. 피잣집 주인이 뚱뚱한 배를 디룩이며 주문을 받으러 왔다. 주디는 자리에서 일어났다.

문을 밀고 나가려는데 눈물이 솟으며 앞이 뿌옇게 흐려 왔다.

바다는 무엇에 그리 성이 났는지 아까보다 드세어져서는 모래사장 쪽으로 쏴아쏴아 흰 거품을 토해내고 있었다.

"난 미국 아이야! 난 동양 아이가 아니란 말야!"

주디는 바다 앞으로 달려가 소리쳤다. 바다는 쉬지 않고 출렁이며 크고 작은 산들을 수도 없이 만들 뿐 대꾸하지 않았다. 주디는 바다에게 애원했다.

"우리 가족은 미국 사람이야. 딸인 나도 당연히 미국 사람이어야 맞는 거 아냐? 안 그래?"

바람이 소인국의 산 같은 파도를 겅정겅정 밟고 달려와 주디의 금발을 휘날렸다.

"동양 애한테 금발이 어울린다고 생각하니?"

로빈이 빈정거리며 했던 말이 귓가에 생생했다.

갑자기 걷잡을 수 없이 혼란스러웠다.

"바보!"

주디는 열 손가락을 머릿속에다 쑤셔 박고 힘껏 움켜쥐었다. 머리카락 몇 가닥이 뽑혔다. 손바닥에 놓인 금발의 머리카락은 낯설었다. 눈물이 핑 돌았다. 바다를 날고 있는 하얀 갈매기가 아기백조만큼이나 부풀어 보였다.

예전에 나는 아름다운 금발의 공주였었지.
그러던 어느 날이었어.
마귀할멈이 휘두르는 지팡이에 맞아 백조가 되었지.
할 수 없이 살던 궁전을 떠나야 했던 나.
난 바다를 훨훨 날아 여기 낯선 딜의 바닷가로 왔어.
어서 금빛 머리카락으로 스웨터를 짜야지.
그래서 요술에 걸린 나, 백조한테 입혀야지.
요술이 풀리면 난 다시 공주가 되는 거야.
그래서 저 멀고 먼 바람의 궁전으로 가는 거야.
아, 그리운 곳, 바다 건너에 있을 바람의 궁전!

주디는 모래를 깊이 파고 금빛 머리카락을 묻었다.
수평선이 자꾸만 흔들렸다.
주디는 일어나 달리기 시작했다.

바닷가의 인디언 할머니

"얘야, 오! 나의 작은 새야."

누군가를 부르는 소리가 간절하였다. 주디는 뒤를 돌아보았다. 양쪽 귀밑머리에다 알록달록한 실타래 댕기를 땋아 늘인 인디언 할머니였다. 바다에서 불쑥 솟아 나온 것처럼 갑자기 나타난 인디언 할머니는 주디에게로 다가왔다. 어깨에 두른 긴 숄이 모래사장에 닿아 질질 끌렸다. 숄은 형광색이 감도는 노란색이었고 남루했다. 그러나 잉크빛 바다와 노란 숄은 야릇하게도 잘 어울렸다. 갈매기 두어 마리가 머리 위를 빙빙

돌았다. 갈매기는 인디언 할머니의 호위병 같았다.

"사랑하는 내 딸아, 너는 지금 어디를 달려가려 하느냐?"

주디는 대답할 수가 없었다. 어디를 달려가는지는 자신도 알 수 없었다. 할머니가 두 팔을 쳐들었다. 소매가 흘러내리면서 팔이 드러났다. 구겨진 은박지처럼 주름투성이였다. 노란 숄과 검은 머리와 주름진 두 팔의 조합이 괴상스럽게 느껴졌다. 로빈에겐 주디의 모습이 분명 저렇게 보였을 것이다. 금발과 까만 눈썹, 엄마의 향수 냄새……. 주디는 부르르 몸을 떨었다.

"세상 밖으로 나가려느냐? 딸아, 거기에는 아무도 없단다. 어서 이리 온."

인디언 할머니는 손을 쳐든 채로 무릎을 꿇었다. 몹시 슬퍼 보였다. 딸이 죽었을지도 모른다는 생각이 주디의 머리를 스쳤다.

할머니는 웅얼거렸다. 웅얼거리던 말에 가락이 붙기 시작했다. 단조롭던 가락은 점점 노래가 되어 갔다. 느릿느릿, 점점 빨리, 아주 열정적으로.

"아무도 없단다. 오! 아무도 없단다. 사랑하는 내 딸아."

할머니는 자신을 때리듯 온몸에다 모래를 뿌렸다.

"용서하여라. 세상을 용서하여라. 우리가 미련하여 너를 슬프게 하였구나. 오, 사랑하는 내 딸아. 세상 밖으로 나가려느냐? 거기에는 아무도 없단다."

할머니는 덜덜덜 떨었다. 주디는 달려가 두 손을 잡고 일으켜 주고 싶었다. 그러나 무섬증이 덮쳐 와서 꼼짝도 할 수 없었다.

갑자기 참았던 울음이 터져 나왔다. 주디는 소리 내어 엉엉 울었다. 아무도 없다며 울부짖는 노랫말이 그렇게도 슬플 수가 없었다. 가슴에 꼬깃꼬깃 처박아 두었던 설움덩이가 녹아 눈물이 되어 줄줄 볼을 탔다. 갈매기가 끼룩끼룩, 울었다.

'그래요, 저한테는 아무도 없어요. 혼자서 둥둥 떠다니는 풍선처럼요.'

주디는 몸부림을 쳤다. 모래가 움푹 패었다. 그때 노래가 뚝 끊겼다. 할머니가 어릿어릿한 노안으로 물끄러미 주디를 내려다보았다.

"누가 널 이리도 슬프게 하더냐, 작은 새야?"

"내 친구 로빈이요. 아, 아니에요. 이 금발머리예요."

할머니가 말했다.

"친구가 슬프게 하거든 친구를 버려라."

"금발머리가 슬프게 하거든 금발머리를 버려라."

말은 다시 노래가 되었다. 곡조는 단조로웠다. 하도 단조로워서 늘 그 모양 그대로 출렁이는 파도 같았다. 주디는 울음을 그치고 노랫소리에 귀를 기울였다.

♬~ ♪

어제가 너를 아프게 하거든
어제를 버려라, 슬픈 새야
오늘이 너를 아프게 하거든
오늘을 버려라, 외로운 새야
버리면 아름답고
버리면 고요하리라 ♪

가락은 점점 높아졌고 그 끝은 떨렸다. 그래서 목놓아 우는 것처럼 들렸다. 주디도 인디언 할머니처럼 모래를 움켜쥐어 머리에다 부었다. 모래는 섬뜩하리만치 차가웠다. 바다한테도 모래를 뿌렸다. 주디는 보았다. 자신이 흰 새가 되어 얕게 날다가 제가 뿌리는 모래에 맞는 것을. 작은 새는 모래더미로 떨어져 깊이 묻혔다.

이제 백조를 구해 줄 금발의 스웨터는 사라졌다. 바람의 궁전도.

이층 주디의 방은 불이 꺼져 있었다. 창문이 저 혼자만 까맸다. 요요 엄마네 집과 그 옆집, 그 옆집의 이웃집 그리고 그 다음 집 창문에서는 저마다 불빛이 흘러 나왔다. 늙수그레한 호박색의 불빛은 참으로 따뜻해 보였다.

주디는 집 건너편 우체통에 기대어 구름 속에 들어가 있는 반달을 쳐다보았다. 검은 구름이 슬멋슬멋 반달을 갉아먹고 있었다. 잠옷을 입은 엄마가 창문에 어른거렸다. 쪼르륵, 배에서 소리가 났다. 갑자기 배가 고팠다. 길을 건너면서 보니 그림자가 따라왔다. 그림자는 꽤나 길었다. '그림자가 내 발꿈치를 꽉 물고 있더군, 그래서 물었지, 넌 누구냐고?' 어디선가 척스 아저씨의 검은 새가 울었다. 주디는 줄곧 발 밑에 붙은 채 따라오는 제 그림자를 끌고 집 앞으로 다가갔다. 현관문을 소리나지 않게 밀었다. 작은 투구 종이 짤랑대며 알은체를 해 주었다.

"주디니?"

엄마의 목소리였다. 주디를 기다리고 있었던 게 분명했다.

'이층 침실에 계시면서 어떻게 아셨을까?'

주디는 짐짓 명랑하게 대꾸했다.

"네, 저예요, 엄마."

그러는데 울컥 눈시울이 뜨거워졌다. 주디는 이층 계단을 뛰어 올라갔다. 식구들한테는 금발을 보이고 싶지 않았다. 엄마가 방에서 나오기 전에 주디는 방문을 잠갔다.

"주디, 저녁은 먹었니?"

"네, 먹었어요."

"데이트는 즐거웠겠지?"

"그럼요, 얼마나 즐거웠다고요."

"그럼 다음에 만날 약속도 했겠네."

주디는 대답하지 않았다. 엄마는 잠잠했다. 구두를 벗었다. 우수수 모래가 떨어졌다. 주디는 방바닥에 주저앉아 머리만 침대 위에다 뉘었다. 피로가 덮쳐 와 눈을 감았다. 엄마가 방문을 두드렸다. 밤 인사를 할 모양이었다.

"엄마, 나 그냥 잘게요. 지금 좀 피곤해서요."

"알았다. 그럼 아가야, 잘 자거라."

"엄마도요."

문단속을 하려는 엄마의 슬리퍼 소리는 금방 어둠 속으로 사라졌다. 주디는 불도 켜지 않고 그대로 있었다. 하루가 아주 길게 느껴졌고 고달픈 여행을 하고 방금 돌아온 느낌이었다. 딜의 바다가 왁왁 소리를 질렀다. 로빈이 더벅머리를 내두르며 눈앞에서 빙글거렸다. 귓가에선 괴상한 인디언 할머니의 노래가 맴돌았다.

주디는 팔을 벌려 침대 위에다 얹었다. 그 바람에 인형이

바닥으로 떨어졌다. 주디는 인형을 집어 들어 품에 안았다. 밖에서 알 수 없는 외로움을 묻혀 가지고 돌아왔을 때마다 주디는 인형을 안았다. 그러면 거짓말같게도 조금씩 마음이 가라앉았다.

"여름아!"

인형의 이름을 불렀다.

"어디서 왔니, 넌?"

"……."

"누가 널 만들었니?"

"……."

"넌 너의 까만 눈, 까만 머리를 사랑하니?"

"……."

"지금 넌 행복하니?"

"……."

인형은 말이 없었다. 아니, 있었다.

'몰라 몰라 몰라 몰라.'

주디는 인형을 팽개치고 벌떡 일어나 나무 반짇고리 상자를 열었다. 곱다란 멜로디가 흘러 나왔다. 상자에 갇혔던 별들이 살강살강 노래를 부르며 허공을 감돌았다. 건너편 집 지붕 위에 걸린 반달이 부연 달빛을 보탰다.

주디는 가위를 꺼내 들고 거울 앞에 섰다. 거울은 달빛을 받아 푸르스름했다. 초록 섬 하나가 늪에 잠겼다가 떠올랐다. 거울은 외딴 섬, 오래된 성 안에서 잠자는 공주의 이마처럼 신비스러웠다. 거울 안에는 얼굴이 창백하고 눈 밑이 거무죽죽한 낯선 여자 아이가 들어 있었다. 낯선 아이의 입술이 달싹거렸다.

"노란 원숭이!"

주디는 손아귀 가득 한 움큼의 머리카락을 잡았다. 무섭고 낯선 아이가 슬픈 얼굴을 했다. 가위를 잡은 손가락이 움직였다. 싹둑! 머리카락이 잘려 나갔다.

싹둑 싹둑 싹둑!

초록 섬의 긴 머리 공주가 울었다.

주디는 눈물을 닦지 않았다. 머리카락을 가지런히 모아 얇은 미농지로 싸고 또 쌌다. 부끄러움이 미농지 안으로 숨어 들었다.

아침에 일어났을 때는 아빠가 돌아와 있었다. 고속도로를 여덟 시간이나 운전하고 왔다면서도 아주 건강해 보였다. 식탁 앞에 앉아 있던 아빠는 두 팔을 활짝 벌리며 주디를 안았다. 친친 동여맨 머릿수건이 벗겨질까 봐 신경을 쓰면서 주디는 아빠의 뺨에다 입맞춤을 했다.

"아빠가 없는 동안 더 예뻐졌구나. 너 이거 요즘 유행하는 최신식 머리 모양이니?"

턱에다 팥알만한 비누거품을 묻힌 채 아빠는 유쾌하게 웃었다. 식탁 한가운데 놓인 샴페인 술병엔 노란 튤립 한 송이가 꽂혀 있었다. 엄마가 정원에서 꺾어다 꽂은 것이었다. 꽂은 술병을 의지 삼아 기대고 있었다.

"꼬장꼬장한 인간은 딱 질색이야. 남의 처지를 헤아릴 줄 모르는 인간은 더 질색이지."

아빠가 잠시 끊겼던 이야기를 계속했다. 고무깔개를 만드는 회사의 영업부장인 아빠는 한 달이 멀다 하고 출장을 다녀야 했는데, 이번에 출장을 간 곳에서 대하기 힘든 사람을 만난 모양이었다. 그렇지만 아빠는, 오늘 아침 쾌활해 보였다.

"백화점의 납품담당자 말야, 머리는 텅텅 비어 있으면서도 그런 사실조차 모르더군. 글쎄 우리 회사 제품을 헐뜯지 않겠어? 그건 날 모욕하는 거야. 그래서 내가 혼을 좀 내 줬지."

"계약을 못하셨으니 아무래도 아빠가 혼이 나신 게 아닐까요, 엄마?"

"천만에, 너 아빨 그렇게도 모르니?"

두 모자는 떠들썩하게 웃었다. 아빠는 엄마가 돼지고기로 만든 폭찹 요리가 일류 호텔보다 낫다고 칭찬했고, 오빠도 그 말에 맞장구를 쳤다. 세 식구는 밀린 이야기를 주고받느라 정신이 없었다. 주디의 머릿수건에 대해서 관심을 보이는 이는 아무도 없었다.

주디는 등받이가 높은 의자에 깊숙이 앉아 왕성한 식욕을 즐기는 아빠를 바라보았다. 노란 빛이 감도는 갈색 머리에 흰색이 조금 섞인 듯한 연푸른 눈. 오늘따라 아빠의 높다란 코와 그 아래 콧수염은 썩 보기 좋았다.

엄마를 보았다. 엄마는 식구들이 식사하는 모습을 다정스레 지켜보고 있었다. 숱 많은 금발이 적당히 구불거렸다. 게다가 눈은 짙은 초록색이었다. 주디는 금발에다 초록 눈을 가지고 태어난 사람은 하느님의 사랑을 더 많이 받은 사람일 거라고 생각했다.

풋볼 팀의 주장인 데이빗 오빠 좀 보라지. 어떻게 저렇게 아빠랑 엄마의 좋은 점만 쏙 빼어 닮았을까? 활기가 넘치는 것조차도 꼭 아빠다. 귀티 나는 얼굴에 정감 있는 눈은 연회색 뿔테 안경을 써서 더욱 지적으로 보인다. 피부는 또 얼마나 깨끗한 우윳빛인가!

'나만 다르구나! 데이빗 오빤 백조이고 난 미운 오리새끼야!'

가슴에서 바람이 일었다. 갑자기 두려웠다. 그런 두려움은 늘 어디엔가 숨어 있다가 불쑥 나타나곤 했는데 지금도 그랬다.

'로빈, 난 몰랐었어. 네가 동양 아이라고 말해 주기 전까지는.'

주디는 성 피에타 피잣집에서 로빈에게 했어야 할 말을 이제야 속으로 말했다.

'아니야, 그건 거짓말이야. 몰랐던 게 아니라 모른 척하고 살아왔을 뿐이야.'

처음 엄마 차를 타고 사이몬드 초등 학교에 들어섰을 때 주디는 여섯 살이었다. 그날 고만고만한 반 아이들이 주디를 비잉 둘러쌌다.

"애, 넌 우리랑 다르구나."

"그래그래, 앤 다르다. 애, 넌 어느 나라에서 왔니?"

"너희 나라 말, 할 줄 아니? 한번 해 봐."

"너 오늘 아침 뭘 먹었니? 난 오믈렛이랑 우유 마셨는데."

또, 주디를 모른 척하던 금발의 여자 애는 손으로 코를 싸쥐었다.

"선생님, 애한테서 이상한 냄새가 나요."

주디는 손가락을 입에 문 채 아무 말도 하지 못했다.

'잿네들 봐라, 날 동물원의 원숭이로 본다. 어서 도망가야지. 저 파란 눈들 좀 봐. 아, 무서워.'

여섯 살 주디는 눈을 꼭 감아 버렸다.

식구들은 오순도순 정다웠다. 하지만 주디는 오늘 식탁에서 완전히 외톨이였다. 서러움이 뾰야니 피어올랐다.

'넌 노란 원숭이야!'

튤립꽃 속에서 로빈이 소곤거렸다.

"맞아, 맞아."

딜의 바다가 솨아솨아 비웃었다.

튤립이 꽂혀 있는 샴페인 술병으로 주디가 손을 뻗었다. 튤립이 손에 잡혔다. 꽃잎은 보드라웠다.

주디는 갑자기 주먹을 꽉 쥐었다. 비명도 없이 을크러진 꽃에서 노란 물이 나왔다. 꽃잎의 눈물이었다.

'미워서 흘린 눈물일 거야.'

주디는 손 안에 있는 꽃잎 찌꺼기들을 내려다보았다.

"주디!"

엄마가 놀라 소리쳤다.

"저런!"

아빠가 얼굴을 찡그렸다.

"아가씨, 튤립 주스 한 잔이 생각나신 모양이군요."

데이빗 오빠가 잔을 기울이는 시늉을 했다.

'난 노란색이 미워.'

주디는 고집스레 입술을 깨물었다.

식사는 그렇게 끝났다. 주디의 머릿수건과 그 안에 친친 감겨 있는 외로움 자국은 끝내 아무도 알려고 하지 않았다.

며칠 후 정원에서 벌인 가든파티에서도 주디는 노란 풍선이란 풍선은 모조리 핀으로 터뜨려 버렸다. 엄마는 머리를 갸우뚱거리며 혼잣말을 했다.

"이상도 하지. 왜 노란 것만 터졌을까?"

달팽이는 제집을 등에 지고 다니면서 혼자서 먹고 일하고 논다. 그리고 몸을 옴츠려 제집으로 들어가 쉬거나 적을 피한다. 로빈과의 데이트 이후 주디는 달팽이가 되어 갔다. 그러나 언뜻 보기엔 아무런 변화도 눈에 띄지 않았다. 아침에 일어나 밥 먹고 학교 가고, 학교에 가서는 전처럼 열심히 공부하고 친구들과도 종종 어울려 다녔다. 또 집에 돌아오면 아무렇지 않게 식구들을 대하다가 잠자리에 들었다. 그러니 엄마까지도 주디가 점점 말이 없는 아이가 되어 간다는 사실을 눈치채지 못했다.

주디는 말없이 빨랫줄에 널린 빨래를 걷어다 개고 우유나 식빵을 사 왔다. 쓰레기 봉투를 바깥 쓰레기통에다 갖다 넣는 것과 편지를 부치는 일, 그리고 오빠가 바빠하면 잔디를 깎는 것까지 자동인간 로봇처럼 잠자코 했다.

주디는 여전히 풍선껌을 아만다랑 나누어 씹었고 아껴서 조금씩 핥아 먹으면 30분이라도 먹을 수 있는 커다란 아이스크림을 사 먹었다. 그리고 쓰고 남은 니클이나 다임, 쿼터 같은 동전들은 주둥이가 가느다란 유리병에다 처넣었다.

주디는 피트 로즈와 데롤 스트로우베리와 레지 잭슨 같은 아이들이 몸살나게 좋아하는 야구 선수나 텔레비전 연속극의 주인공이나 잘 나가는 가수의 사진을 수집했다.

그리고 게임기를 두드렸다. 일 초에 일 센티미터씩 자라는 우주 식인종 괴물들은 흉측했다. 그들을 몰래 풀어서 지구를 파괴하려는 외계인들은 더 흉측했다. 주디는 그것들을 징징징 쳐부수었다. 책도 밤을 새워 읽을 만큼 읽었다. 그 중 『컴퓨터 나라의 난쟁이들』은 딱 질색이었다.

주디는 바닷가의 일 이후의 시간을 그렇게 뭉턱뭉턱 잘라 내었다. 그래도 토요일의 기억이 떠오르면 입술이 아플 때까지 플루트를 불었다. 해맑은 소리에 빠져들다 보면 딜의 바닷가는 어느 틈엔가 사라졌다. 그것마저 싫증이 나면 오래도록 유리창을 닦았다. 하지만 바닷가의 기억은 밭은기침인 양 아무 때나 터져 나왔다. 그때 일은 수치이자 상처였다. 주디는 노란 색종이라도 발기발기 찢어야 잠이 들었다.

몬스테라 화분 옆에서

달력에선 화창한 오월이 막 끝나려 하고 있었다.

학교에서 돌아와 보니 이웃집 아주머니들이 거실에 모여 앉아 차를 마시고 있었다. 집안일을 끝내고 난 오후, 가까운 이웃끼리 차를 마시는 건 흔한 일이었다. 엄마는 가끔 이렇게 한가한 시간을 즐겼다.

무슨 재미있는 이야기를 하는지 웃음소리가 현관 밖까지 들렸다. 막 현관으로 들어서려던 주디는 방해가 될 것 같아 부엌 식당으로 통하는 뒤꼍 쪽문으로 갔다.

'집에 개라도 한 마리 있었으면……. 그럼 들어서자마자 반갑다고 뛰어 오르며 내 손등을 핥겠지.'

주디는 쪽문의 손잡이를 돌리며 그런 생각을 했다.

아무도 반겨 주지 않는 집은 언제나 허전했다. 그러나 데이빗 오빠한테는 털 알레르기가 있어서 개는 물론이고 고양이나 새조차 기를 수가 없었다.

주디는 등에 진 책가방을 식탁에다 내려놓았다. 시원한 콜라나 마실까 하고 냉장고를 열려던 때였다. 거실로부터 낯익은 목소리가 날아왔다.

"글쎄 말이에요. 요새 아이들 기르기가 좀 어려운가요? 우리 어렸을 때하고는 하늘과 땅 차이라니까요."

옆집 요요 엄마였다. 그 집에는 아이들이 없어 오빠와 주디는 부인을 그렇게 불렀다. 말끝이 갈라지면서 쇳소리가 나서일까? 요요 엄마의 목소리는 듣기가 피곤했다. 요요가 아무 데나 똥을 싼다고 야단을 칠 때마다 주디는 창문을 닫아야 했다.

"더군다나 동양 아이를 기른다는 건 보통 일이 아닐 거예요. 안 그래요?"

"암요. 보통 일이 아니고말고요. 그건 참 특별한 경험이지요."

콧대 높은 린다 엄마가 맞장구를 쳤다.

'동양 아이? 특별한 경험?'

주디의 손이 멈칫하고, 닫혔던 귀가 삐거덕 열렸다. 저도 모르게 신경이 곤두섰다. 왜 이렇게 긴장이 되는지 몰랐다. 주디는 고개를 돌려 거실 쪽을 보았다. 몬스테라 화분 옆으로 린다 엄마가 보였다. 린다 엄마는 전보다 몸이 더 불어나 이젠 뚱보라고 불러도 될 정도였다. 턱 살이 두 겹으로 져 있었다. 그러나 미스 아메리카 후보를 딸로 둔 엄마답게 여전히 미인이었다. 석 줄로 늘어진 진주 목걸이는 아주 멋스러웠다. 그런데도 린다 엄마는 어딘가 수다쟁이의 표가 났다. 그래서 그 석 줄의 목걸이가 아마도 가짜일 거라는 생각이 들게 했다.

"우선 동양 아이들은 말이에요. 생각이 다를 것이고, 입맛도 다를 것이고……. 또 잠버릇이랄까, 뭐 그런 생활 습관이나 성격 같은 것들이 우리 아이들하고는 전혀 다를 게 아니겠어요? 아시다시피 동양이라는 곳은 워낙 멀고 낯선 곳이니까요."

"그렇고말고요. 말이 나온 김에 하는 말이지만요, 주디 엄마를 볼 때마다 참 대단하다고 여긴 적이 많아요."

"대단하기는요……. 그런데, 왜 그런 생각이 들었나요?"

엄마가 웃으며 물었다. 주디도 와락 궁금증이 들었다. 발뒤꿈치를 들고서 살금살금 커다란 몬스테라 옆으로 갔다. 뚫린 몬스테라 잎 사이로 거실의 풍경이 보였다. 주디는 몬스테라 잎에다 보기 좋게 구멍을 내 주신 하느님에게 감사했다.

"이런 말씀을 드리기가 좀 그렇지만요, 내가 보기에 주디 개는 좀 특이하더군요."

린다 엄마는 차를 한 모금씩 홀짝홀짝 마셨다.

"뭔데 그러세요? 염려 마시고 어서 말씀해 보세요."

엄마가 재촉했다.

"우리 린다가 그러는데요, 아시다시피 린다와 주디는 한 반이잖아요? 그래서 종종 주디 이야기를 듣곤 한답니다."

이건 질문에 맞는 대답이 아니었다. 주디는 속이 탔다. 린다가 집에 가서 제 얘기를 했다면 그건 뻔했다.

로빈과 단 둘이서 바닷가 성 피에타 피잣집에서 만났다는 걸 알았을 때 린다가 보여 주었던 태도는 거의 히스테리 수준이었다. 화요일, 체육 시간이 끝나고 나서였을 것이다. 쉬는 시간이 되자 린다는 찬드라랑 로리타를 상대로 떠들기 시작했다.

"맙소사, 로빈이 데이트 신청을 한 애가 겨우 주디였다고? 흥, 그 잘난 로빈 케이 데퍼필드의 수준이 어떤지 알 만하군. 너희들도 그렇게 생각하겠지?"

린다는 고개를 발딱 젖히고 웃었다. 그리곤 일년 치의 웃음을 다 쏟아 내고서야 간신히 멈췄다. 린다가 또박또박 주디 앞으로 걸어왔다. 린다는 양손으로 제 두 눈 끝을 치켜서 주디의 코앞에다 들이밀었다.

"칭크!"

"……."

주디의 얼굴이 새빨개졌다.

투명한 얼음판이 단단한 돌에 맞아 쩍! 하고 갈라진다. 하얀 실금이 좍좍 퍼진다. 퍼진 틈서리로 방울방울 빨간 피가 맺힌다.

"국크일지도 모르지!"

린다 입에서 다시 모지락스러운 말이 튀어나왔다. 이 말은 듣고 있기가 더 힘들었다.

칭크나 국크라는 말은 중국이나 베트남 아이를 업신여겨 놀리는 말이다. 미국 애들한테 납작코에다 누르스름한 얼굴, 까망머리는 다 칭크나 국크이다. 동양 사람들의 눈은 모두가 쭉 찢어져 올라갔다고 여기기 때문이었다. 참으로 참기 힘든 멸시의 단어였다. 주디는 주먹을 불끈 쥐었다.

'참아, 주디. 넌 참을 수 있어! 아무 때나 아무 데서나 함부로 자기 감정을 드러내는 건 유치한 일이야.'

마음속의 주디가 타일렀다.

주디는 어떤 식으로든지 싸우는 게 싫었다. 그리고 말다툼하는 일에는 늘 서툴렀다. 상대방이 야멸차게 이런저런 말로 속을 뒤집어 놓을 때면 머릿속이 하얘지고 가슴이 벌렁거리며 말문이 막힌다. 어쩌다 간신히 말대꾸를 하게 되면 왜 그렇게 떨리고 더듬거려지는지, 왜 눈물이 솟고 얼굴이 빨개지는지, 꼭 해야 할 말이나 그럴 듯한 대꾸는 또 왜 집에 가서야 생각이 나는지……. 주디는 그런 자신의 모습을 보이고 싶지 않았다.

주디는 린다가 무슨 말을 하든 참을 수 있었다. 그러나 아만다가 린다네와 함께 있는 건 참을 수가 없었다.

"잘생긴 남자 애들은 무조건 다 너하고만 만나야 한다 이거니? 흥, 착각하지 마. 린다 너, 그거 알아? 넌 공주병 환자야."

적어도 단짝 친구라면 그 정도는 말해 주어야 했다. 그러나 아만다는 그 자리에서 그냥 린다네와 함께 웃고 있었다.

그날, 주디는 풍선껌을 혼자서만 씹었다.

커피잔 손잡이를 만지작거리던 린다 엄마가 이윽고 속말을 털어놓기 시작했다.

"이런 말을 해야 할지 말아야 할지 잘 모르겠네. 얼마 전 일이었대요. 글쎄 주디가 교실 뒤에 붙여 놓은 그림들을 모조리 찢었다지 뭐예요? 걘 노란색 그림을 보기만 하면 발작적으로 그런다는군요. 그뿐만이 아니에요. 어떤 애가 노란 티셔츠를 입고 왔는데 아휴, 글쎄 면도칼로 좍좍 그었다는군요."

린다 엄마는 옷자락을 잡고 칼로 긋는 시늉까지 해 보였다.

"저런 저런!"

요요 엄마가 두 손을 뺨에다 대고 호들갑을 떨었다.

"오, 맙소사!"

엄마의 얼굴이 파래졌다.

"케럴라인, 괜찮아요?"

린다 엄마가 당황해하며 엄마를 불렀다.

엄마는 양손을 맞잡고 어쩔 줄 몰라 했다.

"이런 일은 흔한 일이에요. 아이들이라면 가끔씩 그럴 때가 있어요. 더구나 요즘 애들은 우리 때하고는 달라서 사춘기가 빠르잖아요. 안 그래요?"

린다 엄마가 변명을 늘어놓았다.

사람들은 너무나 쉽게 남의 말을 한다. 머리가 텅텅 비어 있는 사람은 더 그렇다. 그 이유는 자기 자신이 가지고 있는 의견이나 생각이 없기 때문이다. 그런데 그런 사람은 자기 머리가 비었다는 사실조차 모르는 법이다. 왜? 머리가 비었으니까.

문득 아빠가 식탁을 내리치며 하던 말이 생각났다. 세일즈 일로 화가 날 때면 아빠는 늘 그런 말을 했다. 주디는 몬스테라 뒤에서 잘근잘근 입술을 깨물었다.

"고맘때 아이들은 말이에요. 공연히 이유 없는 반항을 하기 마련이지요. 심리학자들의 말로는 남의 관심을 끌고 싶어서 그런다는군요. 주디도 그런 걸 거예요. 너무 깊이 생각하지 마세요."

말을 마친 린다 엄마는 접시 위에 놓인 과자를 집어다 바사삭 깨물었다.

'저 야기죽거리는 입 좀 봐. 먹으려면 그냥 먹지 입은 왜 한 바퀴씩 돌린담.'

주디는 린다 엄마를 쏘아보았다.

"그런 일이 있으면 갤빈 선생님이 전화를 하셨을 텐데 왜 안 하셨을까요?"

엄마가 침착하게 물었다.

"글쎄, 그거야 낸들 알 수 있나요?"

린다 엄마가 손을 벌린 채 으쓱 어깻짓을 했다.

주디는 맹세코 면도날로 옷을 찢은 적이 없었다. 벽에 붙여 놓은 노란색 그림을 몽땅 다 뜯어낸 것도 아니었다. 억울했다. 주디는 설레설레 손사래를 젓는 린다 엄마를 차디찬 원망의 눈으로 바라보았다.

"아마 아이들이 서로 쉬쉬했을 거예요. 고맘때 아이들의 의

리라고나 할까요? 그러니 담임 선생님은 눈치도 못 챘을 거예요. 이건 내 생각인데요. 대부분의 동양 아이들은 얼굴에 표정이 없어요. 그래서 무슨 생각을 하고 있는지 도무지 알 수 없을 때가 많아요. 그러니까 케럴라인도 주디가 학교에서 무슨 일을 저질렀는지 전혀 눈치채지 못했을 거예요."

"저도 전적으로 동감이에요. 아무래도 주디는 우리네 아이들하고는 뭐가 달라도 다른 것 같군요. 어떠세요, 케럴라인? 서양 아이와 동양 아이의 차이가 있기는 있지요? 뭐랄까, 예컨대 정직성이나 근면성, 또는 소질 같은 거 말이에요. 제 생각을 말씀드리자면 성품은 날 때부터 타고난다고 봐요. 태어난 후에 결정된다는 말을 난 안 믿어요."

"제발 이러지들 말아요. 우리 주디는 내가 낳은 아이예요."

엄마는 의자 팔걸이에 놓인 손을 가늘게 떨며 울먹였다. 네 개의 눈동자가 엄마한테로 쏠렸다.

"뭐라고요? 캐럴라인이 그 까망머리의 동양 아이를 낳았다고요?"

"당신이? 농담도 잘 하셔."

우하하 핫핫핫! 아주머니들의 웃음소리는 숟가락 앞뒤로 덕지덕지 달라붙은 버터 같아서 유들유들하고 끈적거렸다. 엄마는 웃음소리가 그치기를 기다렸다가 차분히 말을 꺼냈다.

"주디가 우리한테 오기를 기다리는 동안 나는 내내 행복했답니다."

엄마의 눈길이 허공을 향하고 거실은 이내 조용해졌다. 주디는 바짝 긴장했다.

"데이빗의 여동생이 백혈병으로 저 세상으로 떠난 후 나는 눈을 뜨고 있어도 죽은 거나 마찬가지였어요. 그 앤 항상 내 곁에서 맴돌았어요. 정말 미칠 것 같았지요. 그 아인 내 전부였으니까요. 남편 리차드가 보다 못해 자기의 결심을 말했답니다. 그 애 자리를 대신 메워 줄 만한 여자 아이를 입양하는 게 어떻겠느냐고요."

목이 타는지 엄마는 병에 든 물을 따라 마셨다. 주디는 한 마디라도 놓치지 않으려고 몸을 앞으로 숙였다.

"마침 남편의 사촌 동생 필립이 그쪽 나라 미국 문화원에서 근무하고 있었지요. 그렇게 해서 연이 닿았던 거예요. 그곳 아이들은 다른 나라 아이들보다 똘똘하고 마음이 따뜻해서 어떤 경우에나 적응을 잘 한다고 들었기 때문에 결정을 내리기가 쉬웠어요."

'그쪽 나라?'

주디는 엄마가 말하는 그쪽 나라가 어디인지 몹시 궁금했다. 당장이라도 튀어나가 묻고 싶었다.

"먼저 간 내 딸 이름도 주디였어요. 지금의 주디는 그 애의 이름을 그대로 물려받은 거지요. 하느님은 우리한테서 큰딸 주디를 데려가신 후 먼 나라의 주디를 둘째 딸로 주셨어요. 주디는 하느님의 선물이에요. 그 앤 내가 낳은 아이나 마찬가지예요."

엄마의 말은 계속 이어졌다. 하지만 더이상 들리지 않았다. 열한 살이 된 주디는 몬스테라 뒤에 숨어서 처음으로 자기를 낳은 엄마가 누구인가를 생각했다.

'엄마는 왜 날 버렸을까? 왜 왜 왜?'

무수한 의문들이 눈앞에서 아우성을 쳤다. '버렸다' 는 말은 견딜 수가 없었다.

바나나와 가시 선인장 또는 혹

주디는 비틀거리며 이층으로 올라왔다. 침대에다 몸을 던지자 참았던 눈물이 주르륵 베개를 적셨다. 주디는 머리맡에 있는 인형을 가슴에 안았다.

"여름아! 나는 버려진 아이란다. 날 낳은 엄마가 날 포기했대."

집 근처 야구장에서 '홈런' 이라고 외치는 소리가 들렸다. 곧이어 발을 구르고 휘파람을 부는 소리가 들려왔다.

'공이 자기 손을 떠나서 멀어질수록 사람들은 기뻐하는구

나. 날 버린 부모들도 저랬을까?'

주디의 방은 아침 안개가 내린 늪처럼 가라앉아 갔다.

"내가 그렇게 성가셨나요, 남의 나라로 보낼 만큼?"

"보냈다고? 아니야. 내버린 거지. 쓰레기처럼."

주디는 혼자서 묻고 짐작대로 대답했다. 그리고 슬픔에 빠져들었다.

"하느님, 난 고아예요. 나는 거지이고 쓰레기예요. 얼굴도 모르는 우리 부모가 날 낳아서는 버렸어요. 난 용서 안 할 거예요. 날 버린 부모를 절대로 용서하지 않을 거예요. 날 이렇게 만든 하느님도 용서할 수 없어요. 절대로!"

주디는 세상 모든 것이 다 미웠다. 셀머 가의 사람들도 반 친구들도 모두 미웠다. 무엇보다 자신이 미워서 어떻게 할 수가 없었다. 주디는 머리를 부여잡고 울었다.

"아빠! 엄마가 낳은 딸 주디 대신에 절 데려오셨다고요? 데려온 게 아니라 사 오셨겠지요. 나도 그 정도는 알아요. 입양을 하려면 비용이 많이 든다는 걸. 아빠, 난 얼마짜리였나요?"

자신이 한 말에 놀란 주디는 순간 손으로 입을 막았다. 무슨 말이 더 튀어나올지 두려웠다.

주디는 날이 어두워질 때까지 오랫동안 울었다.

이튿날 날씨는 드맑았다. 착한 일만 하고 싶어지는 그런 날씨였다. 이윽고 점심 시작을 알리는 종소리가 5학년 교실 복도를 달음박질쳤다. 주디는 도시락 통을 들고 교실에서 멀리 떨어진 사과나무 아래로 갔다. 눈에 띌까 말까 올망졸망하던 열매들이 아기 주먹만큼이나 커져 있었다. 볕이 따사로워서인지 풋내가 짙었다.

도시락 통 안에는 엄마가 정성껏 만든 특별 샌드위치가 들어 있었다. 삶은 계란에다 양파, 버섯, 쇠고기를 다져서 볶고, 절인 오이랑 이탈리아 치즈를 어슷썰기하여 보리빵 속에 넣은 것이 옆으로 보였다. 보기에도 먹음직스러웠다.

'흥! 이것도 나말고 친딸 주디를 생각해서 만들었겠지?'

몬스테라 옆에서 자신의 과거를 엿들은 이후부터 주디는 엄마가 도무지 미덥지 않았다. 아무리 상냥하게 대해 주어도 고마운 마음이 들지 않았다. 색안경을 쓰면 보는 것마다 안경의 색깔대로 보이는 법이다. 주디는 엄마의 모든 게 다 거짓으로 보였다. 데이빗 오빠하고도 자꾸 비교가 되었다. 주디는 이러는 자신이 서글펐지만 머릿속을 파고드는 생각을 떨칠 수가 없었다.

점심 시간이 거의 끝나갈 것 같아 주디는 서둘러 샌드위치를 베어 물었다. 그때였다. 주디 옆으로 까만 덩어리가 털버덕

주저앉았다.

“엄마야!”

주디가 소리를 질렀다.

“노올랐냐?”

에이브가 두꺼운 입술을 벌리고 히죽 웃었다. 누런 이가 다 드러났다. 에이브는 주디네 반에서 뭐든지 맨 꼴찌를 하는 아이였다. 말도 뒤죽박죽이고 발음도 제대로 안 되었다. 그리고 무엇보다 오리궁둥이 뚱보였다.

“쎄느위치 빵 맛있어 보인다. 주디, 나 되지? 한 입 먹어도.”

“쳇!”

이젠 에이브까지도 날 우습게 아는구나 싶어 괜히 고까웠다. 주디는 들고 있던 샌드위치를 에이브한테로 던져 주었다. 손이 굼뜬 에이브가 그걸 놓치자 그의 바지는 금세 엉망이 되었다.

‘멍청이!’

주디는 미안한 마음이 전혀 들지 않았다. 부풀대로 부푼 새둥지 머리를 보따리처럼 이고 있는 에이브에게라면 그래도 된다고 생각했다.

“이제 보니 너 심술쟁이구나!”

갑자기 빳빳이 풀기 선 목소리가 들렸다. 고개를 들어보니 도시락 통을 든 아만다가 앞에 서 있었다.

"내가 뭘?"

주디는 아만다를 보지도 않고 뾰로통하게 쏘아붙였다. 아만다가 화를 냈다.

"에이브가 개니? 왜 던져 주니? 그러는 바람에 저 모양이 되었잖아."

"그게 너랑 무슨 상관인데? 걔가 네 애인이라 되니?"

"와아, 얘 하는 소리 좀 봐."

아만다가 제 뺨을 딱 소리나게 쳤다. 정말 화가 난 모양이었다.

"주디, 너 일부러 그런 거지?"

"그렇게 생각하고 싶으면 그래라."

"지금 네가 무슨 짓을 했는지 알아?"

"나 아무 짓도 안 했어."

"넌 인종 차별적인 편견을 가지고 에이브를 대했어."

"인종 뭐? 흥, 그래 너 잘났다."

주디가 동여맨 머릿수건을 매만지며 쌀쌀맞게 말했다. 인종 차별적인 편견이라면 입에서 신물이 났다. 편견을 가진 건 늘 그쪽이었다.

"너 요즘 왜 그러니?"

"내가 어쨌는데?"

주디 눈에서 새파란 불이 튀어나왔다.

"예전의 네가 아냐."

"너도 그래."

"난 똑같아. 네가 이상해졌지."

"내가 보기엔 네가 더 이상해졌는걸?"

"그렇게 생각해? 좋아. 그럼 학교 끝나고 이따가 보자."

"그래 봐, 얼마든지."

주디는 홱 돌아서서 교실로 가 버렸다.

수업이 끝난 후 둘은 음악실 뒤로 갔다. 음악실 뒤는 사이먼드 초등 학교에서 가장 후미진 곳이다. 여자 친구를 만나려는 칠, 팔 학년 상급생들은 쉬는 시간마다 이곳 사과나무 그늘을 찾아오곤 했다.

걸어서 집으로 가는 아이들이 먼저 운동장을 떠나고 뒤를 이어 학교 버스가 교문을 나서자 교정은 수다쟁이 아이가 잠자리에 든 듯 조용해졌다. 둘은 긴 의자 양쪽 끝에 등을 돌린 채 앉았다.

"아만다, 지난 화요일, 내가 린다한테 당하고 있었을 때 보니까 넌 웃고 있더라. 친구가 비웃음거리가 된 게 그렇게도 고소했니?"

주디가 냉랭한 목소리로 따졌다.

"내가 웃었다고?"

"그럼 아냐?"

"네 눈엔 내가 그 정도로밖에 안 보였니?"

"비겁하게 변명하려는 거니, 너?"

"바보! 린다가 아무것도 아닌 일을 가지고 하도 파르르 떨어서 비웃었던 거야."

주디는 여전히 속이 풀리지 않았다.

"그런데 너 이 머릿수건 어떻게 된 거니?"

아만다가 말을 눙치며 물었다.

"그걸 이제야 묻니?"

"미안해. 네가 하도 쌀쌀맞게 굴어서 어디 말을 붙일 수가 있어야지."

"또 내 탓이구나."

"주디, 화내지 마. 그 동안 좀 바빠서 그랬어. 자, 요즘 너한테 무슨 일이 있었는지 이제 말해 주지 않을래?"

팽팽하던 풍선에 바늘이 닿은 듯 가슴속에 재여 있던 설움이 한꺼번에 터지며 방울방울 눈물이 떨어졌다. 아만다가 말없이 휴지를 내밀었다. 주디는 휴지로 눈가를 훔쳤다. 그러곤 천천히 머릿수건을 풀었다. 윤기가 자르르 흐르던 긴 머리 대신 짤막하니 볼품 없는 금발이 드러났다.

"세상에!"

아만다가 달려들어 주디의 머리를 어루만졌다. 그러더니 주디를 와락 껴안았다. 친구의 가슴은 따뜻했다. 주디는 울먹이며 엄마한테도 비밀로 했던 바닷가의 일을 털어놓았다.

"로빈이…… 금발로 변한 내 머릴 보더니……, 노란 원숭이랬어. 그리곤……, 그냥 나가 버렸어. 날…… 성 피에타에다 혼자…… 남겨 두고서."

"어휴, 저런 나쁜 놈!"

아만다가 주먹으로 의자 등받이를 두들겼다.

"로빈은 역시 겉만 멀쩡한 녀석이었어. 그러니까 그런 버릇 없는 짓을 하지."

"아냐, 그렇지 않아. 모두 나 때문인걸."

"아직도 넌 그런 못된 애를 싸고도니? 역시 갤빈 선생님 말씀이 진리였어."

아만다가 벌떡 일어나더니 뒷짐을 쥐고 왔다갔다하며 선생님 흉내를 냈다.

"여러분, 우리가 이 세상을 살아가려면 세모나 네모처럼 모가 난 것보다 동그라미같이 원만한 사람이 되어야 해요."

목소리까지 똑같았다.

그 날, 갤빈 선생님은 원의 원리를 설명하던 중이었다.

"괜히 개성이니 뭐니 하면서 뾰족뾰족 성깔을 부리면 좋다고 할 사람 하나도 없어요. 그저 둥글둥글하고 수더분하게 살도록 해요. 꽃도 너무 화려하거나 향기가 짙으면 금방 싫증이 나는 법이에요. 결혼도 그래요."

선생님은 원에서 꽃으로, 다시 미래의 결혼 상대자로 이야기를 비약시켰다.

"특히 남학생들! 너희들은 얼굴 예쁘고 날씬하고 가슴이 큰 여자면 무조건 뻥 가지?"

"당근이지요."

"진리 아닌가요?"

교실은 잠시 벌떼가 이는 것처럼 시끄러웠다. 린다를 향해 손가락으로 휘파람을 부는 아이도 있었다.

"자, 조용조용. 여러분들이 이담에 결혼 상대자를 찾을 땐 겉보다 속을 먼저 보세요. 착하고 소박한데다 영혼이 맑고 지혜로우면 더할 나위가 없겠지요. 그래야 직장생활이든 가정생활이든 행복하게 할 수 있어요. 능력은 그 다음이에요. 자, 이 얼굴이 그걸 증명하고 있으니 눈 크게 뜨고 선생님을 잘 봐요!"

그날 아이들은 책상을 두드려 대며 웃었다. 선생님의 별명은 '깨 아줌마' 에서 즉각 '할로인 호박' 이 되었다.

할로인 날은 시월의 마지막 날로 11월 1일 성인들의 날 전날 밤을 말한다. 이날은 성인들을 시기한 나쁜 귀신이 모두 쏟아져 나와서 훼방을 놓는다. 그래서 아이들은 늙은 호박의 속을 파내고 눈 코 입 모양을 도려내어 무서운 얼굴을 만든다. 그 안에다 촛불을 켜 집 앞 현관에다 두면 나쁜 귀신들이 도망간다고 여기기 때문이다. 아이들이 괴상한 모양의 가면을 쓰고 집집마다 다니면 어른들은 사탕을 준비해 두었다가 선물로 준다. 그 재미에 아이들은 밤늦게까지 몰려다니곤 한다. 할로인 날은 바로 미국 아이들의 명절인 셈이다.

아만다 덕분에 주디는 실컷 웃었다. 속이 후련했다. 고약한 냄새를 풍기던 마음의 찌꺼기들을 말끔히 털어 낸 기분이었다.

"아만다, 너희 엄만 진짜 엄마지?"

느닷없는 질문이었다. 그런데도 아만다는 가볍게 받아넘겼다.

"그거야 말해 뭐해. 물론 절대적으로 틀림없는 순 진짜지."

"그래, 넌 그럴 거야. 그런데 말야, 난……."

"넌 뭐? 말해 봐."

"난 우리 집의 바나나야. 겉은 노르스름한 황인종이면서도 속은 하얀 백인이니까. 아니 선인장이야. 가시투성이의 선인장. 식물 중에서도 가장 볼품이 없는 선인장이라고."

주디는 극도로 흥분된 얼굴로 마구 지껄였다.

"바나나라는 말은 이해가 가는데 선인장은 무슨 뜻이니?"

멀뚱히 있던 아만다가 물었다.

"선인장은 누가 건드릴까 봐 뾰족한 가시로 잔뜩 무장하고 있잖아."

주디는 무언가에 빗대어 자신을 표현해 내려 애썼다. 그러다 문득 날카로운 가시가 촘촘히 박혀 있는 바나나가 연상되었다. 주디는 진저리를 쳤다. 그리곤 자포자기한 것처럼 말을 내뱉었다.

"아냐, 선인장도 못 돼. 난 그냥 혹이야. 셀머 집안에 붙어 있는 혹."

"뭐라고?"

"몰라서 그래 너?"

"그래, 알아. 넌 입양아야. 그런데 볼품 없는 선인장은 뭐고 혹은 또 뭐냐고. 너 왜 애꿎은 선인장을 모욕하고 그래?"

아만다는 너무도 태연하게 입양아라는 말을 했다. 놀란 건 오히려 주디 쪽이었다. 주디는 당황하여 자꾸만 제 뺨을 문질렀다.

"넌 왜 자기 자신을 들볶니? 입양아가 뭐 어때서? 입양아라고 해서 네가 달라진 게 뭔데? 넌 그냥 내 친구일 뿐이야."

"난 말야. 비참한 기분이야. 죽고 싶어."

"이 바보야. 넌 행운아야. 도대체 뭣 때문에 그런 생각을 하니?"

주디는 아만다의 말에 뭐라 표현할 수 없이 막막해졌다. 길을 잃어버린 아이가 된 것처럼 서러웠다.

"넌 내 기분 이해 못해."

"이 철부지 아가씨야, 못하긴 뭘 못해? 넌 아직 고생이 뭔지도 몰라. 그러니까 그런 한가한 말이나 하고 있지."

"맞아, 난 아직 고생이 뭔지 몰라. 혹시 입양 전 어렸을 때 고생을 했다 해도 난 하나도 기억하지 못해."

"그러면 된 거 아냐? 뭘 억지로 짜내 가지고 비참해하고 그래?"

주디는 말이 막혀 발끝으로 땅을 툭툭 찼다. 그러다가 한숨을 섞어 말했다.

"어떻게 생각을 안 할 수가 있어? 내가 누구인지도 모르는데. 난 말야 생각하는 것도 말하는 것도 완전히 미국 아이야. 그런데 생김새는 아니야. 내 진짜를 알고 싶어. 난 어느 쪽에서 있어야 하는 건지 모르겠어. 그걸 생각하면 너무나 혼란스러워. 그래서…….”

말이 끝나기도 전이었다. 갑자기 아만다가 제 블라우스의 단추를 끄르기 시작했다.

“왜 그래, 아만다?”

“놀랄 것 없어. 보여 줄 게 있어서 그래.”

해야 솟아라

아만다는 블라우스를 열어젖히고 자신의 가슴을 보여 주였다. 주디가 얼른 눈을 가렸다. 브래지어 바로 위에 있는 시퍼런 멍 자국이 끔찍해서였다. 그건 거의 주먹만한 크기였다.

"앤디의 아빠가 이렇게 해 놓은 거야."

"앤디의 아빠? 아니, 그럼 지금의 아빠는 네 친아빠가 아니란 말야?"

아만다가 쓸쓸히 웃었다. 그러곤 다시 하나씩 하나씩 단추를 채웠다. 교문 밖 거리를 지나가는 트랙터 소리가 둘 사이를 끼어들었다. 둘은 시끄러운 소리가 가라앉기를 기다렸다. 트랙터가 가고 나서도 아만다는 잠자코 있었다. 이렇게 오랫동안 침묵하는 건 아만다답지 않았다. 주디는 아만다가 바로 지금 이 침묵 속에서 무슨 생각을 하고 있는지 알 것 같았다. 마음이 아팠다.

"걔네 아빤 내 세 번째 아빠야."

"뭐, 뭐라고? 그런데 왜 널……?"

"이렇게 해 놓았느냐고?"

아만다는 금세 장난스런 표정을 지었다.

"날 때린 건 아냐. 엄말 때리는 걸 막다가 얻어맞은 거지. 앤디 아빤 알코올 중독자거든. 날씨가 좋다고 마시고 나쁘다고 마시고. 술만 마시면 그때부터 짐승이야. 주디, 난 말야 열여섯 살만 되면 집을 나갈 거야. 지금은 엄마가 불쌍해서 안 돼."

이렇게 선선하고 푸근한 아만다에게도 힘겨운 비밀이 있을 줄이야! 주디는 아만다에게 너무 무심했다는 생각이 들었다. 그러고도 한 동네 단짝 친구라 여겼던 게 진심으로 미안했다. 주디는 갑자기 허둥대며 말했다.

"안 돼, 적어도 열여덟 살까지는. 고등학교는 졸업해야 하잖아. 우리 그때가 되면 같이 집을 나가자. 그 전까지는 꾹 참고 지내자. 응?"

아만다는 애원하는 주디를 말가니 보았다.

"주디, 날 동정할 필요는 없어."

"도, 동정이라니? 내 진심을 말했을 뿐이야."

"좋아, 그럼 그러지 뭐."

아만다는 주디의 손을 잡고 어른스럽게 손등을 두드렸다.

"병원에는 갔겠지?"

"하하하, 이까짓 것 가지고 병원엘 가? 그러니까 네가 철부지 소릴 듣지."

"너 자꾸 그럴 거야?"

둘은 서로 달려들어 간지럼을 태웠다. 주디는 마음이 한결 홀가분해졌다.

어느새 해가 지고 있었다.

"주디야, 내 친아빤 자그마한 기성복 가게의 재단사였어."

해질 무렵이면 세상의 모든 것은 차분해지는 시간을 맞는다. 그래서였는지 아만다는 좀처럼 꺼내지 않던 집안 얘기를 하기 시작했다. 친아빠 얘기를 하는 동안 아만다는 큰 눈을 자꾸 깜빡거렸다. 마치 가득히 고여드는 그리움이 무겁기라도 한 듯이.

"아빤 갑자기 복통이 일어나 결근을 한 직원 대신 옷감을 사러 나가셨다가 토네이도 폭풍을 만나는 바람에 돌아가셨어. 난 아빠 얼굴도 기억 못해. 그때 난 세 살이었거든. 우리 두 번째 아빠 말야, 그래도 날 많이 사랑해 주시던 분이었어. 그러면 뭐해."

아만다가 심드렁하게 말했다.

"순 건달이었는걸. 너 로데오 경기장에서 등에 탄 선수를 떨어뜨리려고 몸부림치는 야생마 봤지? 우리 엄만 두 번째 아빠가 꼭 그 말 같았대. 그 아빠 기억이 희미해. 그래서 잘 몰라. 내가 네 살 때쯤이던가 마약거래를 하다가 감옥으로 갔으니까. 엄만 그 후로 재혼 같은 건 절대로 안 한댔어. 하지만 태어난 지 한 달도 안 된 폴이랑 내가 있는데 엄마 혼자 힘으로 살기는 어려웠을 거야. 어쨌든 지금 우리 집엔 아빠가 다른 애들이 셋이나 돼."

아만다가 말을 하다 말고 웃었다.

"지금의 아빠 순전히 가게일 부려먹으려고 우리 엄말 꼬신 거야. 엄마는 몸이 아주 튼튼하거든."

"아만다, 너 괜찮니?"

주디가 걱정스레 물었다.

"괜찮아. 이건 엄마의 인생이지 내 인생이 아니니까. 그래도 날마다 해는 솟아."

"해? 태양 말야?"

아만다의 해가 은유적 표현임을 뒤늦게 깨달은 주디는 제

머리를 쥐어박았다.

"해야 솟아라!"

아만다가 두 팔을 활짝 벌리며 외쳤다. 익살스레 두 눈을 희번덕거리는 것도 잊지 않았다. 아만다의 얼굴이 환해졌다. 세월의 거센 물결에 곰삭고 곰삭아서 만지면 폭 소리나게 꺼져버릴 것 같던 조금 전의 그런 얼굴이 아니었다. 그래, 날마다 해는 솟는다. 아무리 견디기 힘든 긴 밤일지라도.

"해야 솟아라. 아만다의 해야, 주디의 해야, 솟아라아!"

주디도 두 팔 벌려 힘껏 외쳤다. 그렇게 하면 깜짝 놀란 해가 불쑥 떠오르기라도 할 것처럼 말이다.

"아만다, 널 돕고 싶어."

주디가 말했다.

"뭘 돕고 싶은데?"

"그냥 뭐든지 다."

"그럴 거 없어. 그러지 말고 우리 집에 한번 와. 네 머리 다시 까만 색으로 물들이게."

"안 그래도 돼. 이대로 둘 거니까."

"뭣 때문에? 날마다 머릿수건하고 다니기 불편하잖아?"

"불편해. 하지만 그냥 놔 둘래. 이건 내가 나한테 주는 벌이야."

"뭣 때문에 널 벌 주니?"

"너무나 가볍게, 아무런 생각 없이 내가 아닌 남이 되려고 했거든. 그건 본래의 날 버린 거나 마찬가지야."

"너 제법이다. 자신한테 벌 줄 줄도 다 알고."

"어쨌든 이번 주말에 너희 집에 갈게."

"좋아, 기다릴게."

둘은 서로의 손을 꼭 잡았다.

노을이 번지고 있었다.

주말의 거리는 한산했다.

주디는 오빠 자전거를 타고 아만다네 집으로 달렸다. 가게는 일주일 치의 식료품을 사려는 사람들로 제법 붐볐다. 역시 폴의 아빠는 보이지 않았고 아만다는 엄마를 돕느라 바빴다. 주디가 가게 문 밖에서 손을 흔들었다. 아만다는 입을 크게 하여 입모양 말을 했다.

"내 방에 가 있어. 곧 들어갈게."

"알았어. 이따가 봐."

주디도 같은 모양으로 대꾸했다.

집안은 온통 난리였다. 부엌 싱크대에는 설거짓거리가 수북했고 아이들 방도 제대로 정리된 방이 없었다. 거실에선 총

놀이가 한창이었다. 카우보이 모자를 쓴 폴은 동생 앤디를 상대로 총을 쏘았다가 쓰러졌다가 했다.

주디는 우선 설거지부터 했다. 그런데 갑자기 긴 총대가 주디의 엉덩이를 찔러 댔다. 뒤돌아보니 얼굴에 초콜릿 푸딩 얼룩투성이인 폴이 서 있었다.

"폴!"

주디가 눈을 크게 뜨며 위협했다.

"넌 내 포로야. 손을 뒤로 하고 엎드렷!"

폴은 막무가내였다. 유치원에 다니는 앤디도 물안경을 쓰고 와서는 덩달아 꽥꽥 소릴 질렀다. 귀청이 떨어져 나갈 것 같았다.

"저리 가 있어. 얌전히 앉아 있으란 말야. 알았어?"

"넌 내 포로니까 네가 얌전히 손들어. 알았어?"

"폴, 설거지 끝내고 놀아 줄게. 그 동안 네 방에 가 있어."

"약속한 거지?"

아이들은 순순히 물러갔다.

주디는 서둘러 설거지를 끝냈다. 청소기를 들고 다니며 아이들 방도 대강 치웠다. 방에 널린 옷가지들은 무조건 세탁기에다 넣어 돌렸고, 싫다고 도망가는 두 아이를 붙잡아다 목욕통에 밀어 넣었다.

목욕이 끝나자마자 폴과 앤디가 그림책들이 담긴 두꺼운 상자를 끌고 왔다. 책들은 너덜너덜해서 겉장이 있는 게 별로 없었다. 폴이 아무거나 하나를 뽑아 들고 명령했다.

"어이, 내 포로! 이거 읽어 주지 않으면 이 총으로 쏜다."

『용감한 캥거루 샘』이라는 그림책이었다.

주디는 아이들과 함께 나무를 바라볼 수 있는 소파에 앉았다. 두 아이는 초롱초롱 반짝이는 눈으로 귀를 모았다.

***

용감한 캥거루 샘

캥거루 샘이 캐카두 국립공원 한가운데를 깡충깡충 뛰어가고 있어요. 샘은 엄마의 심부름으로 모자라는 요리 재료를 사러 슈퍼마켓에 가는 길이에요.

오늘 저녁, 초식동물협회 회장님인 얼룩말 내외를 모시고 아주 굉장한 댄스파티를 하거든요.

엄마는 흰점박이 사슴네와 노루네를 초대했어요. 기린네도 초대를 했지만 일곱 번째 목뼈에 문제가 생겨서 불참하기로 했어요. 긴뿔 영양네는 워낙 파티를 좋아하는지라 제일 먼저 참석 결정을 내렸고 빨간 눈 토끼네랑 진갈색 줄무늬 다람쥐네도 흔쾌히 참석하기로 했어요.

엄마가 초대하지 않은 집이 한 군데 있어요. 바로 코알라네예요.

얼마 전에 샘이 된통 다친 적이 있었어요. 코알라네 집의 막내인 코리가 나뭇가지 사이에 끼어 낮잠을 자다가 떨어졌거든요. 그러는 바람에 지나가던 샘이 눈 언저리를 심하게 긁혔어요. 사흘이나 입원할 만큼이나요.

코알라는 겉보기에 얼굴도 오동통하고 눈도 귀도 다 둥글둥글해서 순하게 생긴 것 같아도, 손톱발톱이 얼마나 길고 날카로운지 몰라요.

하지만 코리네는 한 번도 문병을 안 왔지 뭐예요?

사실은 그럴 만도 해요. 코알라들은 검나무 잎을 먹고 살거든요. 그 잎에는 알코올 성분이 들어 있대요. 그래서 먹기만 하면 쿨쿨 잠이 든다는군요.

그래도 엄마는 그때 일이 퍽 섭섭했나 봐요. 다른 초식동물들은 다 초대했으면서 코알라네만 쏙 뺀 걸 보면요. 당연한 일이지요 뭐.

검나무 밑을 지나가면서 보니까 오늘도 코알라네 식구들은 쿨쿨 자고 있어요. 검나무 잎을 너무 많이 먹었나 봐요.

"어휴 코리 녀석은 얄미워, 밉상이야."

샘은 하마터면 장님이 될 뻔했던 눈가의 상처를 어루만지며 입을 비쭉거리고 지나갔어요.

슈퍼마켓에 도착한 샘은 엄마가 적어 준 대로 양파와 감자를 다섯 개씩 샀어요. 홍당무 세 개하고 버터와 밀가루도 샀지요.

샘은 앞치마에 달린 커다란 주머니에다 물건을 넣고 슈퍼마켓을 나왔어요. 앞치마는 소꿉장난을 하느라고 입었다가 급해서 그냥 나왔는데 오히려 잘 된 것 같아요.

"빨랑 가자, 엄마가 기다리실 거야."

샘은 올 때보다 더 빨리 달렸어요.

코리네 집 가까이 왔을 때였어요.

"쳇, 또 떨어졌군. 흥, 나랑 무슨 상관이야!"

샘은 모른 척 발길을 돌렸어요. 그때 덤불 밑에서 어른 팔뚝만한 굵기에 어마어마하게 긴 구렁이가 기어 나왔어요.

"이크크!"

잘못하다간 한 입에 꿀꺽 삼켜 버릴지도 몰라요. 샘은 무서워서 도망을 갔어요. 하지만 코리가 걱정이 되어서 가다가 멈추었어요.

"코리야, 어서 일어나."

"구렁이가 널 잡아먹으려고 해, 어서 도망가라니까."

샘은 발을 동동 구르며 안타까워했어요. 구렁이는 점점 코리 쪽으로 다가갔어요. 흉측하게도 끝이 양쪽으로 갈라진 거무스름한 혀를 낼름거리면서요.

아슬아슬.

조마조마.

울렁울렁.

하도 마음을 졸여서 오줌이 찔끔찔끔 나올 지경이었다니까요.

마침내 구렁이는 기다란 혀로 코리의 머리를 슬쩍 핥았어요.

"도와 주세요! 구렁이가 코리를 잡아먹으려고 해요!"

아무리 악을 써도 아무도 나타나질 않았어요. 구렁이가 입을 쩍 벌렸어요. 이제 더 이상 기다릴 수가 없어요.

"에잇!"

샘은 양파를 꺼내어 힘껏 던졌어요. 감자도 기운차게 날렸어요.

"아얏, 누가 내 머리를 때리는 거야?"

구렁이는 아파하면서도 코리를 포기하진 않았어요.

"에잇!"

이번엔 홍당무가 날아갔어요.

"받아랏!"

치즈 덩어리도 날아갔어요. 화가 잔뜩 난 구렁이가 이번에는 샘한테 덤벼들었어요. 다급해진 샘은 봉지에 든 밀가루를 한꺼번에 뿌렸어요.

"아이구, 앞이 안 보인다! 구렁이 살류!"

구렁이는 몸을 이리저리 비틀며 쩔쩔맸어요. 샘은 위험을 무릅쓰고 달려가 자고 있는 코리를 냉큼 안았어요. 그러고는 얼른 주머니에다 넣고 '걸음아 나 살려라.' 하고 달렸어요.

괭장한 댄스파티는 어떻게 되었냐고요?

그야 물론 용감한 샘을 위한 축하파티가 되었지요. 맛있는 음식은 모자랐지만 손뼉치고 춤추고 노래부르면서 모두모두 즐겁게 보냈답니다.

✲✲✲

"끝!"

주디가 그림책을 덮었다. 폴과 앤디는 아기코알라가 무사히 살아난 것을 축하해야 한다며 한바탕 얼싸안고 뒹굴었다.

"야호, 나는 용감한 캥거루 샘이다!"

"형, 내가 샘 할래."

"안 돼, 넌 잠꾸러기 코리 해."

"싫어."

"그럼 뱀이나 하든지."

"형이 해. 난 캥거루 할거야."

"좋아. 난 뱀이닷."

폴은 혀를 날름거리며 바닥을 기어 가고 앤디는 방울토마토를 가져다가 집어 던지며 법석을 떨기 시작했다. 주디는 시끄러운 아이들을 피해 아만다의 방으로 갔다.

책상 위에 놓인 가족 사진이 눈에 들어왔다. 어린 아만다가 아빠 등에 올라탄 채 활짝 웃고 있었다. 우는 아만다를 아빠가 품에 안고 달래는 사진도 있었다.

"어쩜!"

아만다는 재단사였다는 아빠와 꼭 닮아 보였다.

'아만다의 아빠는 돌아가셨어도 여전히 사진 속에 살아 계시는구나. 나를 낳아 주신 부모는 사진도 없고 내 기억 속에 살지도 않아. 난 아빠 등에 올라타고 깔깔대던 날도 없고, 야단을 맞아 울고불고 하던 알싸한 추억도 없어. 그분들은 얼굴이 없는 그림자야. 그분들은 바람이야, 보이지 않는 바람.'

잠시 생각에 잠긴 주디는 쓸쓸했다.

"야, 너 탤런트 해도 되겠다. 우리 집 악당들이 아주 홀딱 넘어 갔는걸."

언제 들어왔는지 앞치마를 두른 아만다가 남자 애처럼 주디의 어깨를 툭툭 쳤다. 그리곤 곧장 동생들한테로 가 간식을 챙겨 주고 만화 비디오를 틀어 주었다. 아만다가 다시 방으로 돌아오자 둘은 약속이나 한 것처럼 침대 위로 뛰어올랐다.

"친구, 이렇게 있으니까 참 좋다, 그치?"

"동감. 고마워, 덕분에 우리 집이 훤해졌어."

아만다가 배우 같은 몸짓으로 절을 했다.

"고맙긴, 우린 영원한 친군데 뭘."

"주디야, 미안하지만 영원이란 건 없어. 우린 사람이잖아."

"맞아, 언젠가는 죽을 운명이라는 걸 내가 깜빡했어."

"사하라사막도, 아마존도, 히말라야도 다 사라질걸?"

"그래, 낙타도 백 년짜리 바오밥나무도 끝이 있지."

"풍뎅이도 독일에서 만든 풍뎅이 자동차도."

"그 자동차는 더 이상 안 만들기로 했대."

"거 봐, 이 세상에 영원은 없는 거야."

"로빈도 오리엉덩이 에이브도."

"유리 구두도 신데렐라도."

"서커스도 어릿광대도."

"공룡도 빙하시대도."

"사랑도 우정도."

"역사도 문화도."

"아, 재미없어서 못 살겠다."

"넌 세상을 재미로 살려고 했니?"

"아니, 뭐. 그런데 우린 왜 태어났을까?"

"우리 부모들이 서로 만나 사랑하셨으니까."

"낳아 달라고 우리가 애원한 건 아니었어, 그치?"

"그렇긴 해. 그럼 뭐야? 이건 너무 불공평한 거 아냐?"

둘은 잠자코 천장만 바라보았고 그러다 똑같이 한숨을 쉬었다.

"어른들은 우리를 이해하지 못해. 우리가 뭘 생각하는지도 몰라."

"그래, 주디. 우린 가끔 슬프고 외롭고 힘들고 귀찮아."

"난 날마다 밉고 화나고 울적하고 나른해."

"기쁘고 즐거울 때도 있기는 있어."

"콧노래를 부르고 싶은 날도 있기는 있지."

주디가 물었다.

"아만다, 우리 친엄마 날 생각하고 있을까? 잘못된 글자를 지우개로 지운 것처럼 나를 그렇게 싹싹 지워 버린 건 아닐까?"

"세상의 엄마들은 자기가 낳은 아이를 절대로 안 잊어. 더구나 지우개로 지우듯 그렇게 쉽게 지워 버리는 엄마는 하나도 없어."

아만다는 확신을 가지고 대답했다.

"그럴까?"

"그렇고말고."

둘은 말 없이 각자의 생각 속으로 빠져 들어갔다. 그러다가 주디가 혼잣말처럼 물었다.

"우리 친엄마는 어떻게 생긴 분일까?"

"거울을 보렴, 네 얼굴 어딘가에 엄마를 닮은 데가 있을 테니."

"그럴까?"

"그렇다니까."

폴이 두드리는 게임기 소리가 벽을 타고 들려왔다. 앤디는 가게로 나간 모양인지 기척이 없었다. 주디가 무겁게 입을 열었다.

"아만다, 난 맹세하는데 결혼 같은 건 안 할거야."

"그래?"

"나도 내 아이를 버리게 되면 어떡해?"

"그럴 리가 있어?"

"난 두려워."

주디가 몸을 떨었다. 아만다가 선선히 말했다.

"좋아, 우린 절대로 결혼 같은 건 하지 말자."

"흑!"

주디가 울음을 터뜨렸다. 아만다도 울음을 터뜨렸다. 둘은 부둥켜안고 오래도록 흐느꼈다.

그날 밤 주디는 처음으로 생리를 시작했다. 그리고 엄마 몰래 혼자서 처리했다.

너는 새 우리는 나무

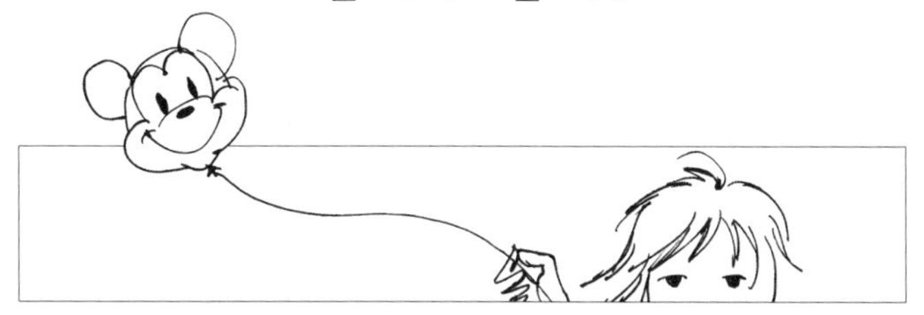

주디가 자전거를 타고 집으로 돌아온 건 꽤 늦은 시간이었다. 퀴즈놀이에 너무 정신이 빠져 있었나 보았다. 그 동안은 주로 상대방의 질문을 받고 진실을 말하거나 대답하기 싫으면 엄청 힘든 벌을 받는 게임을 즐겼다. 그러나 하도 여러 번 해서 진력이 났으므로 둘은 새로운 게임을 개발했다.

상대방의 생각을 알아맞히는 이 놀이는 할 때마다 깨가 쏟아졌다. 예컨대, 이런 식이었다.

"거울아 거울아, 네가 가장 비춰 보고 싶은 건 뭐니?"

"사람들의 귓속이지."

"틀렸다. 마음이다. 무슨 벌을 줄까? 내 발톱에다 페디큐어 칠하는 건 어때?"

물론 양심적이어야 가능한 놀이였고 둘은 서로의 양심을 믿었다.

"바늘아 바늘아, 넌 누구의 입을 왕창 꿰매 주고 싶니?"

"방망이야 방망이야, 넌 어떤 사람을 흠씬 두들겨 주고 싶니?"

"연필아 연필아, 넌 무슨 말을 가장 쓰고 싶니?"

오늘도 둘은 웃고 뒹굴고 법석을 떨었다.

마침 입술에게 입맞춤하고 싶은 남자가 누구인지를 물었을 때였다.

"주디야, 고백할 게 있어. 나 사실은 좋아하는 사람이 있어."

아만다가 주디의 귀에다 대고 속삭였다.

"뭐? 누군데? 우리 반 애니?"

"아니, 상급생이야."

"칠 학년? 아니면 팔 학년?"

"아직은 말 안 할래. 나만의 비밀로 간직하고 싶어."

"흥, 네가 그러고 견디나 봐라."

둘은 침대를 대굴대굴 구르며 난리를 피웠다. 결혼을 안 하겠다고 맹세하던 조금 전의 일들을 까맣게 잊은 듯했다.

시간은 그 틈에 휙휙 가 버린 모양이었다. 주디는 뒤늦게야 매달 마지막 토요일 저녁마다 가족과 함께 식사를 하기로 정했던 일을 떠올렸다.

부지런히 페달을 밟으며 달렸는데도 저녁 식사시간은 거의 끝나가고 있었다. 주디는 자전거를 현관 앞 계단에 아무렇게나 뉘어 놓고 식당으로 뛰어갔다. 아빠는 벌써 식사를 끝내고 차를 마시는 중이었다.

"넌 새대가리야."

자리에 앉자마자 데이빗 오빠가 버럭 소리를 질렀다.

"그럼 오빤 말대가리야."

주디가 되받아쳤다.

"너 내 자전거 타지 말랬지?"

그건 사실이었다. 가슴이 뜨끔했다.

"왜 허락도 없이 남의 물건에 손을 대니? 버르장머리 없게……."

오빠는 오늘따라 닦달이 심했다.

"그까짓 거 좀 타면 어때서?"

주디도 소리를 질렀다.

"그걸 말이라고 해? 너 때문에 중요한 약속에 늦었어. 그것도 이십 분씩이나. 너 오늘 운 좋은 줄 알아. 아까 나타났으면 아주 납작하게 밟아 놓았을 거야."

납작하게 밟아 놓는다는 말은 오빠가 걸핏하면 쓰는 말이다. '형편없어' 라든가 '골 때리네' 라는 말을 할 때보다 조금 더 화가 났다는 뜻이었다. 주디는 왠지 발끈 화가 났다. 생리가 있기 전에는 유난히 예민해진다는 걸 주디는 아직 알 수 없었다. '왜 이러나?' 하면서도 주디는 폭발했다.

"그래 어서 밟아 봐. 못 밟으면 오빠도 아니야."

머리까지 쑥 빼서는 들이밀었다. 오빠가 당황해했다.

"어? 이, 이게 되려 화를 내?"

"중요한 약속이 뭔데? 기껏해야 바보 같은 계집애들 만나서 시시덕거리는 거잖아?"

"뭐? 바보 같은 계집애들? 너 말 다했어?"

"다했다. 왜?"

"에잇!"

오빠가 잔을 들어 주디의 얼굴에 물을 끼얹었다. 옷 속으로 물이 주르륵 흘렀다. 아빠 엄마는 팔짱을 끼고서 둘이 하는 양을 지켜보고 있었다. 주디는 안다. 둘이 다투면 해결이 날 때까지 지켜보다가 결론적으로 한 마디 하신다는걸. 그러나 오늘따라 무조건 제 편을 들어 주지 않는 엄마가 주디는 얼마나 야속한지 몰랐다.

'이럴 수는 없다. 얼굴에 물까지 뿌렸는데……, 두 분이 낳은 딸 주디였어도 이렇게 태연하게 보고만 있었을까? 절대로 아닐걸.'

주디의 불화살이 엄마를 향해 날아갔다.

"엄마, 제가 진짜 딸이 아니라서 오빨 야단치지 않는 거지요? 말해 줘요. 전 어느 나라에서 입양되어 왔나요?"

"뭐, 뭐라고?"

엄마가 들고 있던 숟가락이 접시 위로 떨어졌다. 삶은 당근이 식탁으로 튀었다.

"주디야! 너 왜 그러니?"

"저도 다 알아요. 지금까지 아무렇지 않은 척했지만 제가 입양아라는 사실을 한 번도 잊은 적이 없어요."

주디는 얼굴을 두 손에다 묻고 가만히 있었다. 가슴이 턱턱 막히는 것 같았다.

"전 식구들이랑 아주 달라요. 그게 얼마나 싫은지 아세요? 저도 엄마 아빠처럼 하얀 사람이 되고 싶었어요. 그래서 비누로 씻고 피가 나도록 문질러도 봤어요. 머리도 노랗게 물들여 봤어요. 제 눈을 파란 눈으로 바꿀 수만 있다면 난 무슨 일이든지 했을 거예요. 제 자신이 너무 부끄러웠어요. 그래서 어렸을 때는 요술에 걸린 공주라고 생각하고 살았어요. 바람의 궁전에서 살던 공주였다고요."

주디는 흐느꼈다. 아빠가 두 손을 모아 식탁에다 올려놓았다.

"잘 들어라, 주디야. 우리가 널 얼마나 사랑하는지 넌 알고 있지?"

주디가 아빠의 말을 잘랐다.

"날 사랑한 게 아니라 죽은 친딸 주디를 사랑한 거겠지요."

"오, 하느님! 그, 그게 무슨 소리냐, 주디?"

엄마가 절망적으로 부르짖었다.

"다 들었어요. 몬스테라 화분 뒤에서요."

"너 정말 나쁜 아이구나, 남의 말이나 엿듣고. 그건 비열한 짓이야."

데이빗 오빠가 얼굴을 찡그렸다.

"오빤 지금 그걸 말이라고 해? 오빠도 내 친오빠가 아니라서 그러는 거야?"

그렁그렁 고여 있던 눈물이 주르륵 볼을 타고 내렸다. 맑은 날의 파란 하늘같았던 아빠의 눈이 붉어졌다.

"우리가 널 단단히 실망시켰구나. 일부러 감추려고 그랬던

건 아니란다. 널 너무나 자연스럽게 우리 딸로 받아들였기 때문에 그럴 필요를 못 느꼈던 점도 있었어. 용서해라, 이젠 누구든 충분히 용서해 줄 수 있는 나이가 되었잖니?"

주디는 고개를 푹 숙였다. 이상하게도 '누구든 충분히 용서해 줄 수 있는 나이' 라는 말이 가슴에 와 닿았다.

"언젠가는 알려 줄 생각이었다. 하지만 네가 어른이 된 뒤에도 그런 건 묻지 않기를 바라는 마음도 있었지. 그게 욕심이었나 보다. 미안하구나."

아빠는 안타까운 눈으로 주디를 바라보았다. 식탁엔 무거운 침묵이 흘렀다.

아빠가 입을 열었다.

"그래, 말해 주지. 주디야, 넌 한국에서 왔다. 우린 너를 입양 기관을 통해서 데려왔단다. 아마 네 친부모한테는 아주 어려운 사정이 있으셨을 게다."

"어려운 사정이요?"

주디는 마음속으로 단호하게 고개를 저었다. 증오심이 부글부글 끓어올랐다.

'그런 말이 어디 있어? 부모가 되어 가지고 사정은 무슨 사정. 그분들은 날 버렸어, 쓰레기처럼. 이담에 만나면 죽여 버릴 거야.'

주디는 깜짝 놀랐다. 이런 자신의 속마음을 아빠가 알면 당장 쫓아낼지도 모른다는 생각이 들었다. 주디는 고개를 쳐들었다. 하지만 입 속에서 뱅뱅 도는 말을 꺼내기까지는 용기가 필요했다.

"아빠, 만약에 아빠랑 엄마도……."

목이 메었다.

"어려운 사정이 생기시면……."

눈시울이 뜨거워졌다.

"날 버리실 건가요?"

주디는 와락 얼굴을 가렸다. 아무 소리도 들리지 않았다. 다만 피가 거꾸로 솟는 듯한 기분이 들었다.

"오! 천만에. 우린 절대로 아니다, 얘야."

"암, 그렇고말고. 절대로 아니다, 정말 절대로!"

아빠는 맹세하듯 양손을 맞잡았고 엄마는 주디를 부둥켜안았다.

뻐꾸기 시계가 뻐꾹뻐꾹 수선을 떨었다. 여전히 숲을 생각나게 하는 소리였다. 시계 속 뻐꾸기는 제집으로 들어갔고 문은 닫혔다. 그래도 엄마는 주디를 안은 손을 풀지 않았다.

"네가 그렇게 힘들어하는 줄 정말 몰랐구나. 미안하다. 너는 새야, 우리는 나무고. 언제까지나."

엄마가 가만가만 말했다.

'너는 새, 우리는 나무!'

주디는 엄마의 말을 곱씹었다. 엄마의 말은 슬픔에 젖은 주디를 위로하고도 남았다. 그랬다. 엄마와 아빠는 느릅나무였다. 먼 바다를 파닥이며 날아온 어린 새에게 편히 쉴 수 있는 둥지를 내어 주려면 그늘이 넉넉한 느릅나무여야 할 것이다. 주디는 새삼 북받치는 설움에 어깨를 들썩이며 흐느꼈다.

"엄만 지금까지 한 번도 널 죽은 주디로 착각한 적이 없었단다. 너는 그냥 너이고 내 딸일 뿐이야. 우린 한가족이다. 믿어 주겠니?"

눈물을 닦아 주는 엄마의 손은 두텁고 따뜻했다. 그런데도 주디는 벌판에 내던져진 듯 암울했다.

'아만다, 넌 나더러 행운아라고 했지? 다신 그런 말 하지 말아 줘. 버림을 받은 애가 어떻게 행운아겠어?'

주디는 하마터면 이 말을 입 밖으로 내뱉을 뻔했다. 자꾸 배배 꼬이기만 하는 자신이 미웠다. 긴 한숨이 나왔다.

엄마는 소파에 앉아서도 주디의 손을 놓지 않았다. 주디는 엄마 어깨에 기대어 눈을 감았다. 감당하기 어려운 감정의 소용돌이를 겪어서인지 스르르 맥이 빠지면서 까무룩 얕은 잠 속으로 떨어지는 것 같았다.

"애걔! 저렇게 쪼끄맸어요?"

주디는 유쾌한 말소리에 눈을 떴다.

"봐라, 얼마나 예쁘니."

"오, 귀엽기도 하지."

식구들은 주디가 뉴 아크 공항에 도착했을 때 찍어 놓은 비디오를 보는 중이었다.

경쾌한 배경 음악이 흐르는 가운데 꼬마 데이빗 오빠는 두 개의 국기를 흔들고 있다. 하나는 열세 개의 줄무늬와 오십 개의 별이 박힌 성조기이고 하나는 흰 바탕에 귀퉁이마다 까만 막대가 그려져 있는 한국 국기이다. 한가운데에 청홍으로 맞물려 있는 동그라미는 무엇을 상징하는 것일까? 왠지 예사롭지 않아 보인다.

비디오 속의 꼬마가 색동옷을 입고 앙앙 운다. 엄마가 달래느라 쩔쩔맨다. 풍선을 쥐어 주기도 하고 딸랑이를 흔들기도 하면서. 아빠 꽃다발을 안겨 주려 애를 쓰는데 꼬마는 기를 쓰고 그걸 밀어낸다.

비디오는 집안 장면으로 바뀌었다. 꼬마는 제 키만한 인형을 피해 울면서 달아나고 있다.

"저 고집쟁이 좀 봐라. 한사코 제가 안고 왔던 인형만 갖겠다고 저러는구나. 데이빗, 주디가 '이놓, 이놓' 그러면서 울었던 거 생각나니?"

"생각나요. 처음엔 무슨 말인지 몰랐는데 알고 보니 인형이라는 한국말이었잖아요? 하하하, 주디의 '이뽕' 사랑은 참 유별났어요."

"말 때문에 쩔쩔맨 게 또 있단다. 우린 로버트라는 이름을 애칭으로 '밥' 이라고 하잖니? 그런데 주디가 자꾸 '밥, 밥' 그러는 거야. 빵을 달라는 말인 줄 몰랐던 엄만 이웃집에서 제 또래인 로버트를 불러왔단다. 호호호."

"그랬었나? 하하하."

아빠가 파이프 담배에 불을 붙이며 웃었다.

"울기는 또 어찌나 우는지. 하여튼 눈만 떴다 하면 우는 거야. 한 달이 지나서야 겨우 웃고 노래하고 그랬다니까."

주디의 입술에 쓸쓸한 미소가 어렸다.

그날 밤, 주디는 인형을 자신의 품에 안겨 준 분이 누구였나를 생각했다.

"여름아, 넌 알고 있지? 누가 널 만들었는지."

"엄마가 아니면 누가 이런 걸 만들어 주겠어요?"

초여름에 미국에 와서 여름이가 된 인형은 그렇게 말하고 있었다. 주디는 머릿속에서 뱅뱅 맴도는 무언가를 기억해 내려 애썼다. 그러나 아무것도 생각나지 않았다.

주디는 책상에 스케치북을 폈다. 그리고 눈을 감았다. 집과 창문과 뜰에 있을지도 모르는 나무와 그리고 엄마를 생각했다. 주디는 하얀색 크레파스를 손에 쥐었다. 그리고는 손이 가는 대로 그렸다. 그림은 당연히 하얀색이었다. 아무것도 분명한 게 없었으니까.

주디는 그림 속의 하얀 집에서 거실의 의자만은 초록색으로 그렸다. 초록색 의자에는 알 수 없는 가족들이 하나씩 앉혀졌다. 할아버지와 할머니까지. 주디는 그 그림을 벽에다 붙여놓았다.

"어제가 너를 아프게 하거든 어제를 버려라. 버리면 고요하리라."

초록색 의자에 앉은 할머니가 우울하게 말했다. 인디언 할머니의 목소리였다.

"내 운명이 나를 슬프게 하면요?"

주디가 물었다. 인디언 할머니가 옆에 있기라도 하듯이.

다음 날 아침, 주디는 아무도 모르게 집을 나섰고 딜로 가는 버스에 몸을 실었다. 일요일 이른 아침, 딜의 바닷가는 텅 비어 있었다. 주디는 모래사장을 기웃거리며 머리카락을 묻어둔 곳이 어디쯤인지 살폈다. 그러나 알 수가 없었다.

"뭘 찾니? 작은 새야."

오늘도 인디언 할머니는 방금 바다에서 솟은 듯 다가왔다. 종종 땋은 귀밑머리는 여전했으나 노란 형광색 숄은 걸치고 있지 않았다. 그래서인지 할머니는 훨씬 작고 더 늙어 보였다. 목소리에도 힘이 없었다.

"버린 것은 찾지 마라."

출렁이던 바다가 멈추었다. 주디의 귓속에서 위잉 귀울음이 들렸다.

"인연의 끈을 놓고 나서 다시 미련을 갖는 건 부질없는 일이란다."

"할머니, 저는 입양아예요. 우리 부모도 나를 버렸으니 다시는 찾지 않겠지요?"

"불쌍한 것."

인디언 할머니는 마치 딴 세상 사람 같은 눈으로 먼 구름을 쳐다보고 있었다.

"나그네는 왔던 길을 돌아보지 않는단다, 작은 새야."

주디는 '작은 새'가 인디언 할머니 딸의 이름일 거라고 생각했다.

"네가 바다로 들어가던 날 이 어미는 알았지. 바다가 너라는걸."

주디는 인디언 할머니의 손을 잡았다. 버리라고 하면서도 버리지 못하고 바다를 헤매는 인디언 할머니. 버린 것을 다시 찾는 건 부질없는 일이라고 하면서도 바다에 빠져 죽은 딸을 못 잊어 넋을 놓아 버린 어머니. 주디는 인디언 할머니의 모습에서 어머니라는 이름의 끈끈한 실체를 보았다.

"우리 엄만 마음속에 지은 그리움의 집에서 나랑 함께 살고 있을 거예요. 내가 그런 것처럼요, 틀림없어요."

"버리면 아름답고, 버리면 고요하지."

인디언 할머니가 희미하게 웃었다.

주디는 두 팔을 벌려 바다를 달려온 바람을 안았다.

유진 오빠

10월의 끝자락에 하루가 간당간당 매달려 있던 어느 날 오후였다. 요요가 시끄럽게 짖어 댔다. 주디는 숙제를 하다 말고 일어나 커튼을 활짝 젖혔다. 옆집 요요네 정원이 한눈에 들어왔다. 정원 한쪽에 있는 수영장에 굵은 호스가 들어가 있는 것을 보니 물을 빼고 청소를 할 모양이었다.

웬 청년이 한쪽에 쳐 놓은 철망 안에다 막대기를 넣고 뭔가를 꺼내고 있었다. 낯선 사람이라 그런지 요요는 하얀 이를 드러내고 짖었다.

"야 인마, 좀 조용히 해라. 개 주제에 사람을 왜 그렇게 괴롭히니?"

청년이 떨어졌던 장갑을 꺼내며 요요를 달랬다. 그때, 요요 엄마가 현관문을 거칠게 밀고 나왔다.

"이봐, 하라는 청소는 안 하고 왜 비어 있는 새 사육장을 들쑤시고 그래?"

기분은 벌써 집안에서부터 덧난 것 같았다. 필라델피아에서 시어머니가 오셨다더니 뭔가 불편한 일이 생긴 모양이었다. 다른 날보다 쇳소리가 컸다.

"미안합니다. 제 장갑이 저 안으로 떨어져서요."

청년은 허리를 굽혀 꾸벅 절을 했다.

"어? 유진 오빠!"

최유진. 재미동포가 운영하는 용역 회사에서 일하는 청소원, 바로 그 청년이었다. 크리스마스가 되기 전에 집안 정리를 할 생각으로 엄마가 용역 회사에 창고 청소를 부탁한 적이 있었다. 그때도 유진은 엄마에게 수고비를 받으면서 저렇게 꾸벅 절을 했다.

"나도 한국에서 온 입양아였어. 지금은 아니지만."

"내가 한국 아이처럼 보여요?"

"그럼, 같은 민족인데 그 모습이 어디 가?"

유진은 그러면서 주디한테 악수를 청했다. 주디가 손을 내밀자 유진은 힘있게 악수를 했다.

주디는 커튼 뒤로 몸을 숨긴 채 귀를 기울였다.

"아니 그럼, 장갑으로 야구놀이라도 했다는 거야 뭐야? 일은 안 하고."

"아닙니다. 그런 게 아니라……."

"그러면 장갑이 발이 달려 저 혼자 걸어갔나?"

"잠깐 쉬느라고요, 장갑을 벗어서 철망 위에다 걸쳐 놓았는데 갑자기 바람이 부는 바람에……."

"청소를 시작한 지 얼마나 됐다고 고새 휴식이람. 게으른 칭크 같으니라구."

요요 엄마는 요요를 데리고 집안으로 들어갔다. 현관문이 요란한 소리를 내며 닫혔다. 잠깐 멍하니 서 있던 유진이 현관 앞으로 갔다.

"아주머니!"

목소리에 시퍼런 날이 서 있었다. 유진은 거칠게 문을 두드렸다. 요요 엄마가 창문 가에 나타났다.

"왜 그러지?"

"사과하세요."

"사과?"

"그래요, 방금 전에 저를 모욕하셨잖아요."

"모욕이라고?"

유진이 발로 현관문을 걷어찼다.

"칭크요, 날더러 칭크라고 했잖아요."

목소리가 거칠었다. 요요 엄마가 흠칫 놀라 뒷걸음 치는 게 보였다. 그러나 그런 일에 기가 죽을 사람이 아니었다. 곧 쉿소리가 터져 나왔다.

"아니, 칭크를 칭크라고 하지 그럼 뭐라고 해?"

"내가 아주머니를 뚱뚱한 감자라고 하면 기분 좋겠어요?"

"뭐, 뚱뚱한 감자? 당장 이 집에서 나갓!"

"좋아요, 나도 더 이상 있고 싶지 않으니까 일한 값이나 줘요."

"그건 일을 다 끝내야 주는 거 아냐? 그러고 보니 염치까지 없군."

"두 시간 동안 일한 값 말이에요."

"안 되겠군, 경찰에 신고를 하던가 해야지."

요요 엄마가 으름장을 놓았다. 전화를 하면 분명 십분 안으로 경찰차가 올 것이다. 유진은 협박이나 가택 침입의 누명을 쓸지도 모른다. 주디는 유진을 구해 주어야 한다고 생각했다.

"뭐 칭크? 마귀할멈. 인종차별주의자!"

혼자서 툴툴대던 주디는 서둘러 머릿수건을 동여매고 계단을 뛰어내려갔다. 바깥 날씨는 찬바람이 불어서 제법 쌀쌀했다.

"오빠!"

주디가 다가가 유진을 불렀다. 유진이 돌아보더니 겸연쩍은 듯 주머니에다 손을 찔러 넣었다.

"여기 있지 말고 우리 집으로 가요."

주디가 곰살갑게 유진의 팔을 끌어 당겼다.

"오케이, 내가 참아야겠지?"

유진은 주디의 말을 순순히 따라 주었다.

"오빠, 우리 한국말로 욕해 줄까?"

주디가 턱으로 창문을 가리켰다. 요요 엄마는 이쪽을 살피고 있을 것이다. 유진이 싱긋 웃었다.

"너 한국 욕 할 줄 알아?"

"아니, 오빠한테 배우지 뭐."

"으흐흣 큭큭!"

그 순간 유진의 한 쪽 입꼬리가 위로 치켜지면서 얼굴이 비틀렸다. 아픈 배를 움켜쥐고 쩔쩔매는 모습으로 웃고 있는 것이었다. 주디는 그런 유진을 보면서 참 괴롭게도 웃는다고 생각했다.

현관 손잡이를 돌리다 말고 유진이 물었다.

"들어가도 되겠니?"

"물론이지. 지금 집에 아무도 없어. 식구들은 저녁때나 돌아올걸, 뭐."

그 말에 안심한 듯 유진은 성큼 거실로 들어가 양탄자 바닥에 앉았다.

"난 이게 편해."

유진은 혼자서 크크큭 웃고는 집안을 둘러보았다. 가슴을 쥐어짜면 저런 웃음이 나올까? 유진은 도무지 웃는 것 같지 않게 웃었다. 그것은 춥고 배고프고 외로운 사람의 웃음 같았다. 방금 전의 당당하던 모습과 지금의 찌그러진 웃음은 전혀 어울리지 않았다. 주디는 유진을 물끄러미 바라보았다. 콧등이 알싸해 왔다.

유진에게는 무엇보다 따뜻한 게 필요할 것 같았다. 김이 모락모락 올라오는 다갈색 커피라든가, 탁탁 소리내며 타오르는 장작불이라든가, 상처받은 마음을 어루만져 주어서 마음속 쓸쓸함을 토해내게 하는 위로의 말들이라든가.

"오빠, 거실이 좀 으스스하지? 벽난로에 불 피울까?"

주디가 짐짓 명랑하게 말했다. 그리곤 재빨리 커피포트를 꽂은 다음 통나무를 집어다 벽난로에 얼기설기 쌓았다. 불은 연기와 함께 피어 올랐다.

"유진 오빠, 통나무 의자에 앉아 봤어? 사람이 손질하지 않은, 뿌리도 가지도 그대로 있는 그런 거 말야."

주디가 벽난로 옆에 쌓아 놓은 통나무를 보며 불쑥 말했다.

"글쎄……."

"한번 앉아 봐. 그럼 마음이 편해질 거야."

주디는 의아한 눈빛으로 쳐다보는 유진을 보고 장난스레 웃었다.

"어떤 동화에 통나무 의자가 되고 싶어 하는 바보나무 이야기가 있어."

"그래? 어떤 이야긴데?"

"어느 깊은 산 속 비탈에 바보나무가 있었어. 자신보다 남을 더 위해 주기 때문에 바보나무라는 별명이 붙은 거야. 바보나무는 사람들이 꽈당꽈당 넘어지는 것을 보고 마음이 아팠어. 그래서 날마다 하느님한테 빌었대. 지치고 힘들어하는 사람들을 편히 쉬게 해 주고 싶다고. 하느님은 기다리고 있노라면 언젠가 그런 날이 올 거라고 대답하셨어. 바람이 몹시 불고 천둥 번개가 치던 날이었지. 벼락이 그 나무에 떨어진 거야. 바보나무는 웃으며 제 몸을 쓰러뜨렸어. 며칠 후 그곳을 찾아온 사람들이 말했어. 땀을 뻘뻘 흘리며 비탈을 걸어 올라오느라고 다리도 아프고 목도 말랐는데 마침 앉아서 쉴 수 있는 통나무 의자가 있어서 얼마나 좋은지 모르겠다고. 그런 내용이야."

"바보나무가 아니라 훌륭한 나무로구나. 프란체스코 신부님이 나더러 그러셨어. 바보가 되라고. 그렇지만 똑똑한 바보여야 한다고."

유진은 편안한 얼굴로 커피잔을 기울였다.

"오빠, 아까 기분 나빴지?"

주디가 누이동생처럼 물었다.

"괜찮아, 그 정도는 보통이니까."

"그래, 다 털어 내고 잊어버려."

그 말에 유진은 목을 웅크리고서 또 괴상하게 웃었다. 주디는 잠자코 커피잔을 챙겼다. 초겨울 바람이 유리창문을 심술궂게 흔들어 댔다.

"난 여덟 살, 눈치코치 다 있을 때 입양이 되어 왔어. 우리 부모가 교통사고로 돌아가셔서 하루아침에 고아가 됐거든."

유진이 불쑥 옛 이야기를 꺼냈다. 그러면서 거실 소파에 몸을 기대고는 발을 쭉 뻗었다. 주디는 유진이 또 괴상하게 웃을까 봐 조바심이 났는데 역시 그랬다. 벽난로에서는 불똥이 탁탁 튀었다. 유진은 다시 진지해졌다.

"처음에 난 아주 얌전히 지냈어. 양부모 눈 밖에 나면 큰일이라는 걸 알고 있었으니까. 참 긴 시간이었지. 따분하고 짜증이 나는 그런 날들이었어. 내 바로 위의 형이 날 몹시 괴롭혔거든. 그 형과 난 다섯 살 차이야. 내가 맨 처음 자기 집 현관에 발을 들여 놓는 순간부터 날 골려 대기 시작했어. 열두 살 한창 개구쟁이 나이기도 했지만 어쨌든 남을 골려먹는 데는 천재였어. 내가 약이 올라 달려들면 시치미를 뚝 뗐어. 만약에 다른 사람이 그걸 보았다면 나만 싸움꾼으로 보였을 거야. 물건이나 돈이 없어질 때도 있었어. 물론 형 짓이었지. 아무것도 모르는 양부모는 형의 말만 듣고 무조건 날 야단쳤어. 처음엔 말로, 나중엔 혁대를 풀어 엉덩이를 갈겼지. 양아버지가 술에 취했을 때는 정말 끔찍했어. 난 걸핏하면 지하실에 갇히고 밥을 굶어야 하고 그랬어."

유진은 주먹 쥔 손으로 소파의 팔걸이를 두어 번 내리쳤다.

"훔치지 않았다고 말하지 왜 가만히 있었어요?"

주디가 목소리를 높였다.

"물론 억울하다며 펄펄 뛰었지. 하지만 내 말을 믿어 준 적은 한 번도 없었어. 믿어 주는 사람이 없다는 거 그거 어떤 기분인지 알아?"

유진이 갑자기 분노의 소리를 터뜨렸다. 주디는 깜짝 놀라 커피잔을 놓칠 뻔했다.

"나는 왜 내가 물통에 빠져 허우적거려야 하는지, 방문을 열면 왜 느닷없이 화분이 문틀 위에서 떨어져 머리를 맞아야 하고, 왜 내 머리로만 돌같이 단단한 야구공이 날아오는지, 더군다나 내가 무심코 앉는 자리엔 왜 못이 솟아 있고 압핀이 놓였는지 도무지 알 수가 없었어. 나중에야 그 이유를 알게 되었지. 무엇보다 괴로운 것은 여자 애들이 있을 때마다 누군가 몰래 다가와서 내 바지를 잡아 내리는 거야. 난 잘 견뎌서 살아남아야 한다는 생각으로 하루 하루를 지냈어."

유진은 눈도 깜빡거리지 않고 벽난로 속의 불길을 쏘아보고 있었다.

"오빠 괜찮아?"

유진은 주디의 말을 못 들은 것 같았다. 유진은 풀 죽은 모습으로 고개를 떨구었다.

"그 형은 심심풀이 삼아 그랬겠지만 난 고통스러웠어. 그래서……. 그래서 내가 어떻게 했는지 아니? 궁리 끝에 형을 웃기기로 했단다. 형이 깔깔거리고 웃는 동안은 위험에서 벗어날 수 있다고 여겼거든. 주디야, 상상해 봐. 시퍼런 멍 자국이 떠날 새가 없는 얼굴로 코미디언 노릇을 하고 있는 황인종 꼬마 원숭이를. 난 아주 열심히했어. 그러는 한편 운동으로 힘을 길렀지. 스스로 자신을 지켜야 한다는 걸 깨달았으니까. 내가 문제아가 되는 건 시간 문제였어. 나쁜 친구들과 어울리고 마약에도 손을 댔어, 도둑질도 하고. 소년원에도 다녀왔지. 결국 나는 파양이 되었어."

"파양? 그게 뭔데?"

"입양 됐던 집에서 쫓겨나는 거야. 뭐, 나 때문에 정신적으로 혼란스럽다나. 그 집에서 나오자마자 원래의 내 이름인 최유진을 다시 쓰는 일부터 했어. 티모시 베이커라는 이름을 벗어 던지고 말야. 낡은 붕대를 풀어 버린 기분이더군. 주디, 믿을 수 있겠니? 내가 내 이름한테서 힘을 얻었다는 걸?"

주디는 장식용 낡은 통나무 술통 위에 걸터앉아 부젓가락으로 벽난로를 쑤셨다. 그리곤 이름한테서 힘을 얻는다는 게 무슨 뜻인가를 생각했다. 사위어 가던 불길이 다시 일어났다.

'내 본래 이름은 뭘까?'

불똥 알갱이들이 타다닥 튀어올랐다.

"입양아가 파양된다는 건 말야……."

유진이 머그잔을 내려놓으며 손마디를 우두둑 꺾었다.

"그건 바로 그날부터 성난 바다로 던져지는 거였어. 그리곤 혼자서 외발로 집채만한 파도를 타야 하는 거야. 주디, 난 참 많은 방에서 자 보았단다. 이 집 저 집 옮겨 다니는 홈스테이를 했으니까. 혼자 사는 사십대 노총각 미술가네 집, 이혼을 세 번이나 한 초등 학교 여선생네 집, 여러 나라의 아이들을 데려다가 함께 살면서 정부에서 돈을 타 먹는 건달네 집……."

유진의 입에서 오랫동안 괴로운 웃음이 쏟아졌다. 웃음으로 슬픔을 표현해 내는 유진을 주디는 말없이 건너다보았다.

"오빠, 커피 더 마셔."

주디는 유진의 빈 머그잔을 채워 주었다.

"주디, 미안하지만 나 샌드위치 좀 먹을 수 있겠니? 난 늘 배가 고프단다. 따끈한 차를 마실 때는 더 그래. 나 많이 먹는다고 미움 받아서 쫓겨난 적도 있었어. 제법 멋있는 정원이 있는 집이어서 오래 살고 싶었는데 말야."

"잠깐만 기다려. 금방 만들어 올게."

주디는 얼른 일어나 부엌으로 갔다. 냉장고의 문을 여는 순간 눈물이 핑 돌았다. 지난 날 겪었던 아픔을 남에게 말하는 것은 이제 그 아픔에서 벗어났다는 뜻일까. 그것은 과거 안에 갇혀 있지 않고 밖으로 나와 자유로워졌다는 뜻일지도 모른다. 제발 그랬으면 좋겠다고 주디는 생각했다.

주디는 양상추를 듬뿍 넣고 소시지와 치즈를 포개 얹어 아주 커다란 샌드위치를 만들었다. 유진 오빠가 이 샌드위치를 먹고 위로 받기를 마음속으로 바랐다. 샌드위치를 다 만들자 주디는 다시 거실로 건너갔다.

유진이 일어나 통나무를 불 위에다 얹으며 말했다.

"그 집도 생각난다. 살이 쪄서 무지무지하게 엉덩이가 큰 할머니였는데 젊어서는 시청의 전화 교환원이었대. 전남편이 한국 전쟁에 참전한 사람이라나? 처음엔 한국의 풍습이 이러저러하다는 둥 알은체를 하면서 잘 대해 주었어. 그러더니 점점 날 자기 머슴으로 여기는 거야. 가족이라는 건 허울뿐이었어. 그 할머닌 내가 책상 앞에 앉아 있는 꼴을 못 봐. 집안일을 안 한다고 나더러 혼자만 아는 이기주의자래. 아마 그런 면도 있었을 거야. 정신을 차리고 마음을 다잡은 난, 뭔가 되어야 한다는 생각으로 꽉 차 있었거든. 그래서 죽자고 공부만 팠어. 얼마 못 가서 또 쫓겨났지 뭐."

유진은 이제 웃지 않았다. 주디가 샌드위치를 내밀었다. 유진이 덥석 받아 입으로 가져갔다. 샌드위치는 아사삭 아사삭 두어 입만에 끝이 났다. 유진은 잔에다 커피를 가득 채우더니 말을 이었다.

"살다 보면 꼭 나쁜 일만 있는 건 아니더라. 나한테 다시 새아버지가 생겼거든. 가족으로는 아마 열한 번째인가 그럴 거야. 그분은 내가 사는 동네 교회의 프란체스코 신부님이야. 난 말야, 김사장님네 회사에서 착실하게 일해서 돈이 모이면 의과 대학엘 갈 거야. 난 꼭 뭔가 가치 있는 일을 할 거야."

유진은 의과 대학이라는 말을 하면서 입술을 지긋이 깨물었다.

"아, 뻔데기 먹고 싶다!"

"뻔데기가 뭔데?"

주디가 물었다.

"누에라는 벌레 알지? 누에는 뽕잎을 먹으면서 모두 넉잠을 자. 그리고 어른 손가락 세 마디 정도로 몸이 커지면 실을 토해 제 몸을 싸서 고치라는 집을 만들어. 이 고치를 삶아서 비단을 짜는 명주실을 뽑아 내는 거야. 그리고 그 안에 있던 번데기는 맛있는 먹거리가 되는 거고. 한국에 있을 때 참 많이도 먹었지. 하루는 몹시 얻어맞고 지하실에 갇혀 있었어. 하루 종일 아무것도 안 주더라. 그런데 왜 그렇게 번데기가 먹고 싶던지. 정말 미칠 것 같았어."

유진은 번데기 장수가 외치는 소리라며 '뻔!' 하고 외쳤다. 주디는 그 말이 재미있어 따라했다. 엄마 나라에 대한 기억 하나를 가지게 되어 기뻤다.

"오빠, 오빠만 혼자 놔 두고 돌아가신 부모님이 밉지 않았어?"

"글쎄, 원망을 하기는 했었지. 하지만 그리움이 더 컸어. 그리움이 그나마 날 버티게 해 주었던 것 같아."

유진은 확신에 차서 말했다.

"어쨌든 가족이 있다는 건 참 근사한 일이야. 비록 양부모일지라도. 난 그걸 너무 늦게야 깨달은 것 같아. 주디, 넌 나처럼 어리석지 않기를 바래."

유진이 안주머니에서 가뭇해 보이는 안내서를 꺼내 내밀었다. 주디가 들여다보았다.

'들꽃들의 모임.'

입양아를 위한 책자였다.

"혼자서는 해결하지 못할 것도 여기 가면 쉽게 풀리게 돼. 더구나 내가 누구인지, 우리가 태어난 나라는 어떤 나라인지, 어떤 문화가 있는지, 그런 걸 알게 해 주는 프로그램도 있어."

유진은 책자를 펼쳐가며 친절히 설명해 주었다. 주디는 유진 오빠와 어깨를 나란히하고 책자를 들여다보았다.

"주디, 무엇보다도 좋은 건……."

유진이 강조했다.

"우리가 여기 이 나라에서 어떻게 살아가야 하는지 그 방법을 가르쳐 주는 거야. 상담을 해 주시는 분들도 아주 훌륭하셔."

"고마워. 시간이 나면 한번 가 볼게."

다섯 블록쯤 떨어진 곳이었지만 주디는 정말로 가 볼 생각이었다.

걱정이 있을 때 그걸 말하고 도움을 받을 수만 있다면 그것은 이미 걱정이 아니다. 주디는 가슴을 짓누르던 돌덩이를 들어 멀리 던져 버린 느낌이었다. 마음이 가벼웠다.

"오빠, 딜의 바닷가에 가면 인디언 할머니가 계시는데 그거 알아?"

"글쎄……?"

유진은 으쓱 어깻짓을 했다. 주디는 그런 유진을 보며 미소 지었다.

"한국에 우리 할머니가 계시다면 꼭 인디언 할머니 같을 거야."

딜의 바닷가가 떠올랐다. 주디는 유진의 쓸쓸한 표정을 지워 주고 싶었다.

"오빠, 나그네는 왔던 길을 돌아보지 않는대. 인연의 끈을 놓고 나서 다시 미련을 갖는 건 부질없는 일이래."

"인디언 할머니가 그러시디?"

"응."

"부질없는 일이 어디 그것뿐이겠니?"

유진이 한숨을 쉬었다. 주디가 벌떡 일어서서 손가락을 내밀었다.

"유진 오빠, 나랑 약속해."

"무슨 약속?"

"오빨 아프게 했던 사람들을 다 용서하기로 말야. 오빤 누구든 충분히 용서해 줄 수 있는 나이잖아? 그리고 오빠가 뭐 갈매기야? 그렇게 끼르륵 웃는 게 어디 있어? 자, 입을 크게 벌리고 배에서부터 터져 나오는 소리로 하하 웃어 봐. 웅크리지 말고 하늘을 쳐다보면서 말야. 자, 약속해."

주디는 아빠의 말을 흉내내며 밝게 웃었다. 유진은 웃지 않았다. 다만 창 밖의 회색 하늘을 보며 중얼거렸을 뿐이었다.

"구름이 걷히면 하늘이 파래지려나?"

풋사과 사건

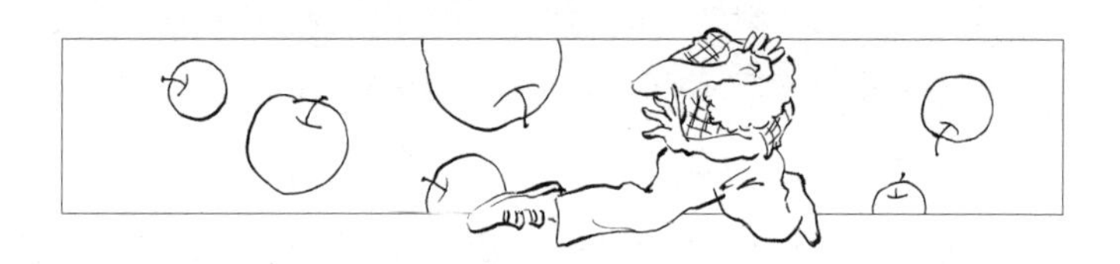

주디는 국어 시간 내내 멍하니 운동장을 바라보았다. 그리고 수업이 끝나는 종이 울리자마자 교실 밖으로 나갔다. 혼자 있고 싶었다.

"주디, 어데 가냐?"

에이브가 물었지만 주디는 모른 척했다.

사과나무 향내가 바람에 실려 왔다. 주디는 그쪽으로 걸음을 옮겼다.

사과가 어느 결에 빨갛게 익어 있었다. 고왔다. 사과가 빨간 까닭은 맑은 햇살과 비와 바람이 어루만진 손자국 때문이다. 꽝꽝거리며 다그쳤을 천둥과 번개의 흔적 때문이다. 포근한 봄날 이후 온 힘을 다해 제 몸을 키워 온 사과들. 지금은 한여름의 불볕 더위를 견뎌낸 장한 모습으로 주렁주렁 매달려 있다.

주디는 사과나무 그늘이 진 벤치로 가 앉았다.

사과나무 꼭대기 너머의 하늘엔 구름이 한가로이 흘러가고 있었다. 구름을 보며 주디는 어렸을 때의 기억을 끌어내려 애썼다. 이젠 버릇처럼 앉으나 서나 줄곧 그 생각뿐이었다.

'생각 나. 아주 희미하지만. 난 그때 길에서 누구랑 같이 있었어. 아마 엄마였을 거야. 그런데 엄마가 갑자기 없어졌어. 난 혼자가 되었지. 눈앞에서 수없이 움직이던 까만 점들. 그것이 뭐였더라? 나비 떼? 하얀 눈송이? 그래, 멀리서 보면 그런 것들은 가끔 까만 점으로 보이기도 해. 난 덜덜덜 떨었어. 그때부터 난 성냥갑에 누워 있는 성냥이 되었지. 누가 꺼내기 전에는 꼼짝 못하는, 푸른 유황을 모자처럼 눌러 쓴, 도망치려 해도 발이 붙어 그럴 수 없는.'

"주디야, 넌 어느 나라 사름이니?"

에이브가 갑자기 팔을 툭 쳤다. 주디는 생각의 늪으로부터 퉁겨 나왔다. 은근히 짜증이 났다. 얜 걸핏하면 무슨 뚱딴지같은 소리를 이렇게 한담? 주디는 뾰쪽하니 말했다.

"그걸 몰라서 묻니?"

"맞아, 미국 사름이지. 그란데 미국 사름 같지가 않어."

"미국 사람은 어떤데?"

"노란 머리, 하얀 얼굴, 파란 눈."

"에이브, 그럼 넌 어느 나라 사람이니?"

"넌 똑똑헌디 그런 것두 모루니? 난 미국 사름이야."

"못 말려!"

"웅, 난 못 말려야."

에이브가 으흐흐 웃었다.

"그런데 네 얼굴은 왜 까매?"

주디가 쏘아붙였다.

"바보! 난 흑인이잖여."

온몸에 맑은 가을볕을 받은 에이브가 말했다.

"까매도 나는 미국 사름이다. 미국 사름!"

모처럼 자신이 있는 말투였다. 곧추세운 엄지손가락이 그걸 표시해 주었다.

"말도 안 돼!"

주디는 발 밑의 잔돌을 걷어찼다.

그때 로빈이 아이들 대여섯 명을 데리고 이쪽으로 오고 있었다. 주디는 서둘러 후미진 곳으로 피했다. 로빈하고는 한자리에 있고 싶지 않았다. 아이들 중 누군가 휘파람을 불었다. 먹이를 발견해서 즐겁다는 사냥꾼의 신호 같았다.

"에이브, 넌 참 좋겠다. 세수를 안 해도 되고."

로빈이 다정스레 말을 걸었다.

"흐흐흐."

에이브는 기분이 좋은가 보았다.

아이들이 뭔가 의미를 담고 있는 눈빛을 서로에게 보냈다.

"오늘은 새둥지 머리 모양이 더 멋있다, 에이브."

"그랴? 내도 그랴."

"그 정도라면 아마 새가 열다섯 마리는 살 수 있을 거야."

둘러싸고 있던 아이들이 킬킬거렸다.

"벌써 살고 있는지도 모르지 뭐."

"맞아, 맞아. 지난번 볼 때보다 더 부풀어 있는걸."

"야, 너희들 방금 어디서 새소리 나는 거 못 들었니?"

"글쎄, 에이브 머리 속 같은데."

"그래, 나도 그렇게 생각해."

"너도?"

"그럼, 두 말 하면 잔소리지."

아이들은 모두들 한 마디씩 거들었다.

함께 일을 꾸미는 악당들답게 호흡이 척척 맞았다.

"에이브, 부탁이 있는데 들어 줄래?

"뭔데 그랴?"

"네 머리 좀 만져 보자. 만약에 새가 나오면 너한테 몽땅 다 줄게."

"노빈, 농담하지 마. 나한테 새 읎어."

"글쎄 있는지 없는지는 확인을 해 봐야 알지."

"그람, 한 번만 만져 봐."

에이브가 순하게 제 머리를 내밀었다.

그게 잘못이었다.

아이들은 머리를 뒤지는 척하더니 한 대씩 쥐어박았다. 그런데도 에이브는 키득키득 웃기만 했다. 다시 휘파람 소리가 났다. 신호였다. 로빈과 아이들이 한꺼번에 사과를 땄다. 빨갛고 탐스러운 공들이 후두두, 한 곳으로 날아들었다.

"아아악!"

에이브가 비명을 질렀다. 사과 공을 피하려다 나무에다가 머리를 된통 부딪쳤기 때문이다. 아이들이 우르르 도망을 쳤다. 숨어서 지켜보던 주디가 뛰어나왔다.

다음 날, 에이브는 머리에다 붕대를 동여매고 왔다. 피를 많이 흘려 걱정했는데 그만한 게 다행이었다. 착한 에이브는 넘어져서 그렇게 된 거라고 말했다. 덕분에 로빈 일당들은 교장 선생님한테 불려 가는 걸 면할 수 있었고 벌점도 받지 않았다. 그 일에 대해서 주디는 입을 다물었다. 고자질쟁이가 되기는 싫었다. 그런데 정작 사건이 일어난 건 그 다음 날이었다.

마지막 수업이 시작되고 십 분쯤 지났을 때였다. 교실 문이 요란하게 열렸다. 선생님까지 쉰두 개의 눈동자가 한 곳으로 쏠렸다.

아이들은 거인을 보았다. 갈색 터번을 쓴 우람한 거인이었다.

거인의 가슴이 오르락내리락 물결쳤다. 그럴 때마다 작은 접시만한 불가사리 귀걸이가 와들와들 흔들렸다. 거인은 침묵했다. 교실은 숨소리조차 들리지 않았다.

"엄마!"

에이브가 벌떡 일어나더니 어리광스런 목소리로 외쳤다.

"오, 내 아들!"

거인의 두 손이 가슴에 모아졌다. 눈앞엔 아들을 너무나 사랑스러워하는 한 어머니가 서 있을 뿐이었다. 그러나 다음 순간 진홍색 립스틱을 바른 두툼한 입술이 씰룩거렸다.

"야, 너희들!"

거인의 입에서 우레 소리가 터져 나왔다. 교실이 다시 술렁

거리기 시작했다.

“누가 내 아들 머리를 저 모양으로 만들었냐? 썩 나오너라!”

산이었다고 해도 두 동강으로 쩍 갈라졌을 것이다.

이윽고 거인의 길쭉한 검은 손가락이 아이들을 하나씩 짚어 가기 시작했다. 손가락은 사냥감을 따라 움직이는 사냥꾼의 총부리였다. 두 눈을 부릅뜬 거인의 손가락이 자신을 향할 때마다 아이들은 움찔움찔 놀라며 눈을 내리깔았다.

귀신을 물리치는 할로인 날의 호박, 그 호박이 별명인 갤빈 선생님의 얼굴빛도 말이 아니었다.

“미세스 캄스핀, 고, 고정하십시오. 지금은 수업중이니 잠시만 기다리셨다가…….”

“아니, 이게 무슨 소리여? 뭘 기다리란 말이래여? 선상님한테도 책임이 있어유. 아이들을 단속하지 못한 책임 말여유. 내 오늘 고놈들을 잡아서 혼을 내 주고 말 거여. 절대로 그냥 안 넘어가유. 선상님, 아셨지유?”

전쟁을 지휘하는 여장군이 호통을 쳤다. 아이들은 물론 선생님까지도 그 앞에서는 졸병이었다.

저 멍청한 에이브한테 저렇게 든든한 엄마가 있다니! 세상에 바보 취급을 해도 될 바보는 하나도 없었다. 바보 곁에 엄마가 있는 한은.

주디는 에이브가 부러웠다. 무식하면 어떠랴. 아이들 둘이 손을 마주잡고 안아야 될 만큼 뚱뚱한 허리면 어떠랴. 작은 접시만한 불가사리 귀걸이도, 식빵 덩어리를 머리에 인 것 같은 터번도, 흉이 될 게 무어냐? 에이브한테는 역성을 들어 줄 태산 같은 엄마가 있는데!

마리안 교장 선생님은 사과나무 아래 있었던 아이들을 모두 교장실로 불렀다. 젊은 시절 수녀가 되려고 했던 교장 선생님의 말투는 부드러웠다. 그러나 끈기 있게 누가 에이브를 다치게 했는지를 다그쳤다.

에이브는 어눌한 목소리로 새를 잡고 싶어서 제 머리를 뒤지다가 넘어졌노라고 했다. 당연히 교장 선생님은 믿지 않았다. 로빈이 행여나 해서 곁눈질을 했다. 주디는 모른 척 끝내 말하지 않았다.

여름 방학이 시작되던 날, 아이들은 아빠들이 수염을 깎을 때 쓰는 쉐이브 크림통을 가져와 선생님 몰래 숨겨 두었다가 한바탕 난리를 피웠다. 크림통의 꼭지를 누르면 거품이 뭉게구름처럼 피어 나온다. 아이들은 손바닥에다 거품을 받아서는 괴상한 소리를 지르며 갤빈 선생님을 향해 던지고 바르고 야단법석을 떨었다. 나중에는 학생들끼리 그렇게 했다. 남학생 여학생 할 것 없이 온몸이 거품투성이가 되었다. 학교 버스에다 계란을 던지기도 했다. 그렇게 5학년은 끝났다.

방학은 석 달 간이었다. 방학 내내 주디는 책에 파묻혀 지냈다. 그렇게 읽은 책이 삼십여 권이 되었다. 집에서는 캠프라도 갔다오라고 했지만 듣지 않았다. 독서량이 많은 아이가 늘 그렇듯 주디의 눈빛은 깊고 조용했다. 입은 굳게 다물어 과묵한 모습이 되었다.

기나긴 여름 방학이 끝나자 곧이어 가을이 왔다. 가을은 나뭇잎을 야금야금 물들이더니 맘모스 카운티의 하늘을 높직이 밀어 놓았다.

6학년이 되자 5학년 때 반 친구들은 뿔뿔이 흩어졌다. 주디는 아만다랑 다른 반이 된 게 섭섭했다. 로빈과 에이브는 여전히 주디와 한 반이었다. 새 담임인 로스터 선생님은 멋쟁이였다. 그렇지만 금테 안경 너머로 수도 없이 눈을 깜빡이곤 해서 똑바로 쳐다보기가 민망하였다.

시월 말에 있을 할로인 날의 준비로 학교는 수업이 끝난 뒤에도 소란스러웠다. 그러나 아침부터 날씨가 찌푸려서인지 우울해진 주디는 혼자 집으로 돌아왔다.

창밖에는 주룩주룩 비가 내리고

집에는 아무도 없었다. 엄마는 자원봉사 일이 아직 끝나지 않았나 보았다.

침대에 앉아 있는데 비가 내리기 시작했다. 창문을 두드리는 빗소리가 높아졌다. 줄줄이 흐르는 빗물의 속도도 빨라졌다. 우두커니 있으려니 새벽에 꾸었던 꿈이 생각났다.

어딘지 모를 곳에 주디는 혼자 있었다. 거리가 텅 비어서 무서웠다. 그때 어떤 여자의 뒷모습이 보였다. 주디는 그 여자를 향해 죽어라 뛰어갔다. 여자는 치맛자락을 펄럭이며 재빠르게 걷고 있었다. 주디는 엄마가 지금 자신을 피해 도망간다는 생각이 들었다.

"엄마 손을 붙잡아야 해. 그러면 안 무서울 거야."

꿈 속에서 주디는 헉헉거렸다. 그러나 마음만 급할 뿐 발이 통 말을 들어 주질 않았다. 어떻게 해서 겨우 따라가 잡으려면 엄마는 꼭 주먹만큼씩 앞섰다. 안타까웠다. 거기 좀 서 달라고 외쳤다. 그러나 꺽꺽거리기만 할 뿐 도무지 말이 나오지 않았다. 엄마와 거리가 멀어져 갈 때 주디는 엄마가 울고 있다는 걸 느꼈다. 가을비보다 더 슬프게.

"엄마!"

주디가 외쳤다. 엄마가 홱 돌아보았다. 깜짝 놀라 눈을 떠보니 꿈이었다.

빗줄기가 더 굵어졌다. 우르르 쾅쾅 천둥도 쳤다. 가을 천둥은 흔하지 않은 일이었다. 번개를 기다렸다. 그러나 번개는 없었다. 하늘은 땅에서 가장 슬픈 사람을 위하여 하염없이 울고 있었다.

벽에 붙여 놓은 그림에 눈이 갔다. 주룩 주룩 주룩. 빗물이 그림 속 하얀 집의 창문에 흐른다. 창문이 눈물을 흘린다. 초록 의자가 어른거린다.

"엄마!"

하얀 집에다 대고 엄마를 부른다. 그리움으로.

"비가 와요."

대답이 없다.

"엄만 비를 좋아하세요?"

하얀 그림 속 엄마한테 낮은 목소리로 말을 걸어 본다.

"엄마, 내 이름은 주디에요. 난 여기 미국 뉴저지주 맘모스 카운티에서 아주 잘 살고 있어요. 뉴욕에서 두세 시간이면 올 수 있는 아름다운 곳이에요. 바다를 끼고 있는 휴양지거든요. 여기 가족들은 친절하고 무엇보다 날 사랑해 주세요. 엄마, 걱정 말아요. 난 잘 자라고 있어요."

그림 속 엄마가 비처럼 운다.

"엄마, 왜 날 버렸어요?"

엄마는 대답이 없고 비는 여전히 내린다.

엄마한테 튤립꽃을 좋아한다고 말할까? 과일은 복숭아와 청포도를, 색깔은 붉은 포도주빛 자주색이랑 깊은 호수 같은 초록색을 좋아한다고 말할까? 노란색이 싫어졌다는 말은 말자. 그건 그냥 마음속에 묻어 두자.

지금 이렇게 그림 속 하얀 집의 엄마한테 카드 놀이를 할 때만 왼손잡이가 되고, 땅콩 버터를 좋아하고, 하늘이 손으로 만질 수 있을 것처럼 낮게 흐린 날을 좋아한다는 말들이 다 이제

와 무슨 소용이 있단 말인가? 그래도 주디는 얼굴도 모르는 엄마랑 이야기하고 싶었다.

"엄마, 내 혈액형은 에이형이에요. 키는 이 달에 막 백사십삼 센티를 넘겼어요."

창밖에는 가을비가 내린다.

"엄마, 난 발이 좀 큰 편이에요 그래서 이백삼십오짜리 구두를 신어요. 난 좋아하는 친구가 한 명 있어요. 싫어하는 애는 훨씬 많아요. 열두 명쯤 될 거예요."

주디는 싫어하는 애들이 에워싼 가운데 암술 꽃대처럼 서 있는 자신을 생각하면 쓸쓸해졌다.

"난 거짓말하는 애를 싫어해요. 저만 아는 애들도요. 사과닦이 애들도 싫어요. 여기서는 선생님한테 아첨하는 애들을 사과닦이라고 해요. 그런 못난이들은 정말 기분 나빠요. 엄마, 사실 내가 너무너무 싫어하는 애는요……."

어느 나라 사람이냐고 묻는 애는 정말 싫다. 나는 늘 자신이 없다. 정말로 좋은 아이인지, 무슨 일을 내 스스로 해낼 수 있는지 나는 알지 못한다. 나는 나를 사랑하지 않는다. 부모가 날 버렸는데 어떻게 사랑할 수 있겠는가. 아이들은 영리하다. 그래서 자신을 존중하지 않는 아이들을 용케도 알아 내서는 골탕을 먹이려 달려든다.

빗물이 눈물처럼 흐르는 창문을 바라보며 주디는 그런 생각을 했다.

"둥글둥글 모나지 않게 행동하렴. 그게 친구를 사귀는 비결이란다."

양엄마는 그렇게 말했다. 그러나 양엄마는 주디의 입장을 잘 모른다. 양엄마도 백인이니까.

위스키 한잔에 기분이 좋아진 아빠는 이런 말을 했었다.

"주디야, 넌 아직 시냇물이야. 그래서 콸콸대며 흐르지. 그렇지만 깊은 강물이 되어 봐라. 시냇물을 다 받아들인 강물은 소리 없이 흐른단다. 친구들 가운데는 부족한 애도 있고 넘치는 애도 있는 법이다. 일종의 개성이겠거니 생각하렴. 우리 사회는 다양한 사람들이 모여 발전해 나가는 거란다. 그러니 이래서 나쁘고 저래서 싫고 그렇게 가리지 말고 강물처럼 다 받아들이도록 해 봐."

물론 옳은 말이다. 하지만 어떤 말은 아직 인정할 수가 없다. 개성이겠거니 생각하라고? 그런 게 개성이라면 정말 볼품없는, 아니 형편 없는 개성일 것이다. 이런 얘기는 그만 두자. 아무도 없는 빈 집, 창밖에는 지금 서글픈 가을비가 내리지 않는가.

주디는 또다시 알지 못하는 엄마 생각에 몰두했다.

"엄마, 난 여섯 살에 처음 젖니를 갈았어요. 여기 엄마가 방문 손잡이에다 아랫니 두 개를 실로 매서는 한꺼번에 빼 주었어요. 피가 조금 났었어요."

난 피를 보고 아프다고 펄펄 생야단을 했었지. 지하실 어딘가 헌 필통 속에는 아직도 이빨 천사가 두고 간 아랫니 두 개가 들어 있을 거야. 또 무얼 말할까?

"엄마만 아세요. 내 가슴에는요, 콩알만한 검은 사마귀가 있어요. 그리고 나는요, 맨발인 사람들만 보면 꼭 발가락을 세어 봐요. 여섯 개가 달려 있을 수도 있잖아요? 엄마의 별자리는 뭐예요? 난 천칭자리예요. 내 생일이 구월이니까요."

엄마가 별자리를 알까? 그곳에도 별자리로 사람의 운명을 점치는 일이 있을까? 엄만 전갈자리가 아니었으면 좋겠다. 딱딱한 꼬리 끝에다 독을 감추고서 번쩍 치켜든 전갈의 모양이 마음에 안 든다.

"도대체 엄마는 살았나요 죽었나요?"

창밖의 빗소리가 아우성을 친다. 이렇게 비가 오는 날은 알지도 못하는 엄마가 너무나 보고 싶다.

주디는 침대에 누웠다. 그리곤 몸을 있는 대로 오므려 다리를 가슴에 붙였다. 엄마의 아기집 안에 있을 때처럼. 손이 시렸다. 누군가가 그리울 때면 늘 손이 시렸다. 찬 손에다 얼굴을 묻었다. 그리움을 녹이려고. 그런데 오늘은 그것으로 부족했다. 주디는 벌떡 일어나 일기장을 폈다.

엄마……. 엄마라고 부르면 목이 메어.
엄마는 날 먼 나라로 보내 놓고 행복했어?
내가 한국보다 미국에서 살면 더 행복할 거라고 생각했어?
좋은 가정에 입양 돼서 잘 먹고 잘 입고 잘 배울 거라고 생각했어?
자기가 낳은 딸을 외국에다 입양시키는 일이 정말 최선이었다고 생각해?
내 마음속 깊은 곳의 그늘을 엄마는 알아? 눈에는 안 보이는 상처가 날마다 조금씩 커져 가는 걸 엄마가 알아?
바람만 불어도 난 마음이 아파.
엄마도 그래?
누가 흘깃 쳐다만 봐도 난 움츠러들어.
엄마도 그래?
엄마, 내가 얼굴도 모르는 엄마를 얼마나 그리워하고 있는지 엄마는 모를 거야.
초록빛 의자에 제일 먼저 앉게 해 드리고 싶은 나의 엄마!
아! 그립다.

주디는 방금 쓴 일기를 연필로 벅벅 그어 버렸다. 인형을 집어 들었다. 여름이의 노란 옷이 싫었다. 인형을 만들어 준 사람까지도 싫었다.

"꺼져 버려!"

주디는 그림 속 하얀 집을 향해 인형을 던졌다. 인형은 배의 실밥이 터진 채 나뒹굴었다. 주디는 금세 후회가 되었다.

"미안해! 정말 미안해!"

주디는 반짇고리에서 바늘을 꺼내 실을 꿰었다. 막 바늘 한 땀을 깊숙이 뜨는데 바늘 끝에 무언가 닿는 게 느껴졌다.

'무얼까?'

서둘러 솜 속을 헤집어 보았다. 쪽지가 손에 잡혔다. 가슴이 두근거렸다. 차곡차곡 접혀진 쪽지는 갓난아기 손바닥만했고 오래 되어서 누리끼리했다. 주디는 쪽지를 조심스레 펴 보았다. 이상한 벌레들이 꿈틀거렸다.

"엄마야!"

벌레라고 여겼던 것은 글자들이었다. 주디는 쪽지를 이리저리 돌려보았다. 글자들은 아주 낯설었다.

'어쩌면 저쪽 엄마가 써 넣은 편지일지도 몰라. 도대체 무슨 뜻일까?'

주디는 아래층으로 후닥닥 내려가다가 멈추었다. 엄만 외

출중이었다. 무엇보다 엄마한테 보인들 알 리가 없을 거였다. 방으로 되돌아온 주디는 어떻게 할까 궁리했다. 양엄마는 주디가 더 이상 옛날 일에 매달리지 않기를 바랐다. 어쩌면 이 편지도 달가워하지 않을지 모른다. 혹시 없애 버린다면? 그러면 큰일이었다.

엄마는 주디가 첫 생리를 혼자서 처리하고 알리지 않은 일을 무척 섭섭해했다. 그로부터 며칠 후, 주디 방에 들어온 엄마는 '괜찮았니?' 하고 물어보면서 통후추 씨만한 작은 진주 목걸이를 걸어 주고 나갔다. 엄마도 딸을 둔 다른 엄마들처럼 조촐한 파티를 생각하고 있었나 보았다. 손수 만든 케이크를 앞에다 놓고,

"축하한다, 주디야. 이제 넌 여자가 되었단다. 그러니까 넌 엄마가 되는 문턱에 들어선 거란다. 아기를 가질 수도 있게 된 거야. 그야 먼 훗날 사랑하는 사람을 만났을 때 일이지만."

라고 말한 후 아빠한테 부탁해서 사 온 진주 목걸이를 걸어 줄 작정이었나 보았다.

혹시나 주디가 쑥스러워 하면 엄마는 생긋 웃으며 케이크를 접시에 담아 주었을 것이다. 그러면서 설핏설핏 여자의 몸가짐에 대해서 말해 줄 생각이었나 보았다. 아빠는 이야기 중간 중간 끼어들며 말참견을 했을 것이다.

"두려워할 거 없단다, 얘야. 어른이 된다는 건 썩 괜찮은 일이지. 특히 아이일 때는."

주디한테라면 언제라도 장난을 걸 준비가 되어 있는 아빠는 어쩌면 생리대를 한아름 사다가 머리 꼭대기에다 쏟아 부었을지도 모른다. 물 세례를 주면서 새 생명으로 태어났음을 표시해 주듯이 말이다.

주디는 편지를 되접었다. 그리곤 책에 끼어 책상 서랍에 넣고는 자물쇠를 채웠다. 주디만의 비밀이 이렇게 서랍 속에 감추어지게 되었다.

주디는 여름이의 옷을 벗겨서 손빨래를 했다. 일본 옷은 보따리를 등에 매달았고 중국 옷은 옆 트임이 있어서 허벅지가 드러난다. 여름이의 옷은 나비 모양의 어깨를 한 필리핀 옷이나, 한쪽 어깨에만 걸치는 인도의 옷하고도 달랐다.

'들에 핀 꽃들처럼 소박해. 동굴 벽화에 나오는 그림처럼 독특하고.'

옷을 헹구며 그런 생각을 하던 주디는 자신이 태어난 곳이 알고 싶어서 안달이 났다. 너무 갑작스러워 자신도 어리둥절할 지경이었다.

'내가 태어난 나라에도 산이 있겠지.'

'하늘에는 구름도 있겠지.'

'나무도 별도 내 또래의 아이들도 있겠지.'

주디는 하루라도 빨리 한국 사람을 만나서 인형 속에 들어 있었던 편지를 읽어 보고 싶었다. 뜻밖에도 기회는 보름 후에 찾아왔다.

비가 오는 어느 날이었다. 누군가 문을 쾅쾅 두드리는 소리가 빗소리 사이로 들렸다. 초인종이 있는데도 못 찾은 모양이었다.

주디는 계단을 내려가 현관문 앞에 섰다. 현관문에 붙은 불투명 스테인드글라스 유리창으로 우산을 쓴 사람이 어른거렸다. 동양인 남자 어른이었다.

"실례지만 말 좀 물읍시다."

유리문 밖의 남자는 그렇게 말하면서 우산을 접어 털었다. 주디는 문고리를 따고 얼굴만 내민 채로 물었다.

"누굴 찾으세요?"

그는 까만 머리 끝에 테두리처럼 둘러 있는 주디의 금발을 쳐다보며 말했다.

"여기가 혹시 케럴라인 셀머 부인 댁 맞니?"

줄무늬 신사복이 잘 어울린다는 생각을 하면서 주디는 문을 열었다.

뜰은 흠뻑 젖어 있었다. 축축한 나뭇잎들이 내뿜는 나무 향내가 싸하니 코끝을 스쳤다. 주디는 미소를 띠었다.

"셀머 부인은 바로 우리 엄마예요."

"그래? 미국 부인이었다고 들었는데. 난 백인인 줄 알았지."

"맞아요. 우리 엄만 백인이에요. 그런데 왜 그러세요?"

주디는 얼떨떨해서 서 있는 남자를 주의 깊게 살폈다.

"지금 안에 계시니?"

"안 계세요. 병원에 자원봉사하러 가셔서 아직 안 돌아오셨어요."

"아, 그래? 나도 그 병원에서 오는 길이야. 집으로 가셨다기에……."

주디는 좀 성급하다 싶게 제 궁금증을 드러냈다.

"아저씨는 어느 나라에서 오셨어요?"

"난 한국 사람이야. 너도 그렇지?"

당연하다는 말투였다. 주디는 잠깐 망설이다가 용기 있게 말했다.

"한국에서 태어나기는 했지만, 전 입양아예요."

"호오! 그렇지, 그럴 수도 있겠다."

아저씨는 당황해했다.

"들어오셔서 기다리세요. 엄마가 아마 어디 좀 들렀다 오시나 봐요."

"그래도 괜찮겠니? 실례가 안 되겠어?"

"아저씨가 찾아오신 건 엄말 만나기 위해서잖아요?"

"그렇단다."

"그럼, 들어오세요."

주디는 붙임성 있게 낯선 손님을 맞아들였다.

얼굴이 닮으면 이렇게도 빨리 마음을 열 수가 있구나. 오래전부터 아는 분인 것 같은 이런 느낌은 무엇 때문일까? 주디는 내심 놀라는 한편 기뻤다.

아저씨는 훤칠하니 잘 생겼고 예의 발랐다. 영어 발음은 좀 딱딱한 편이었지만 어법에 잘 맞았다. 주디는 좀 들뜨는 기분이었다. 그래서 묻지도 않고 열은 주홍빛의 구아나 주스를 큰 컵에 따라서 대접했다. 아저씨도 사양하지 않았다.

"집이 아담한데다가 참 깨끗하구나."

"우리 엄만 살림꾼이세요."

"그러신 것 같구나. 그러나저러나 저녁 시간이 다 되어 가는데. 엄마가 빨리 오셨으면 좋겠다."

아저씨는 양복 소매를 조금 쳐들고 시계를 내려다보았는데 그 모습에서 주디는 퍽 세련된 인상을 받았다. 아무래도 교육을 많이 받은 사람인 것 같았다.

"곧 오실 거예요. 그런데 왜 엄말 만나시려고 하세요?"

"궁금하니?"

"실례가 안 된다면 알고 싶어요."

아저씨가 빙그레 웃었다.

창밖의 비는 가늘어져 있었다.

"고맙다는 인사를 하려고. 엄마가 아저씨의 아버지를 구해 주셨거든."

"아저씨 아버지를요?"

"여기 오신 지 채 한 달도 안 되는 노인이시란다. 답답해서 공원에 놀러 갔다가 길을 잃으셨나 봐. 말은 안 통하고 길은 낯설고, 지나가는 사람을 붙잡고 손짓발짓 다 하면서 물으셨던가 봐. 그러니 누군가 정신병자인 줄 알고 경찰에다 신고를 했더구나."

울림이 있는 굵은 목소리였다. 아저씨는 컵 밑에 남은 구아나 주스를 쭉 들이마셨다. 꿀꺽거리는 소리가 아주 조그맣게 들렸다. 그 소리가 주스를 더 맛있게 해 주는 것 같았다. 엄마는 질색을 했지만 주디도 어쩌다 가끔은 저렇게 소리를 내며 마시고 싶을 때가 있다. 하찮은 거였지만 주디는 아저씨랑 서로 통하는 것 같아 기분이 좋았다. 아저씨가 이야기를 마저 해 주었다.

"이유도 모르고 경찰서엘 끌려가니까 또 고래고래 소리를 지르신 모양이야. 그래서 유치장에 갇히셨지. 하지만 별로 의심받을 만한 게 없자 그냥 풀어 주었어. 날이 밝기도 전에."

주디가 놀란 얼굴로 물었다.

"경찰이 집에 전화도 안 해 주고요?"

"놀라셔서 전화번호고 주소고 다 잊으셨나 봐."

"그렇다고 밤중에 영어도 못하는 노인을 그냥 내보냈단 말이에요? 맙소사! 그러다가 강도라도 만나면 어쩔려고."

"그 바람에 또 밤길을 헤매셨지. 우린 그런 줄도 모르고 밤새 여기저기 알아보러 다녔단다. 하여튼 지쳐서 쓰러져 있는 노인을 마침 너희 엄마가 보시고 병원에다 모셨다는구나. 우리도 혹시 사고가 났나 해서 경찰에 신고하고 병원마다 찾아다니고 하면서 야단법석을 떨었지. 네 엄마가 아니었으면 큰일 날 뻔했단다."

"정말 다행이에요."

주디는 아저씨의 말투에서 자상함을 느꼈다.

여름이의 편지

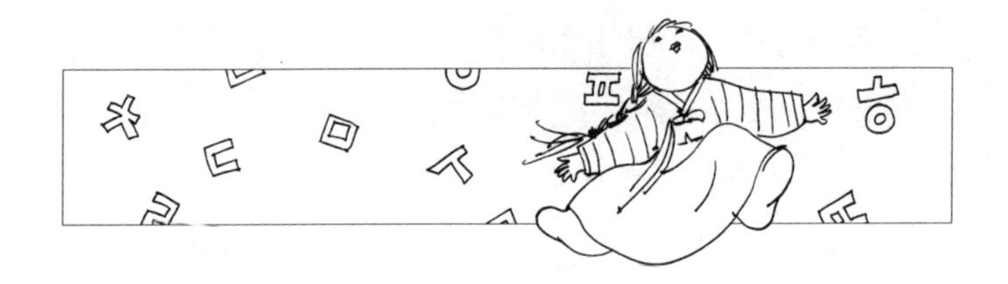

주디는 은근히 조바심이 났다. 어서 인형의 편지를 읽어 달라고 부탁하고 싶은데 기회가 쉽게 나지 않았다.

아저씨는 자그마한 용역 회사를 운영하고 있다고 했다. 얼핏 용역 회사에 다닌다는 유진 오빠가 생각 나 물었다.

"우리 회사 직원이란다. 아는 사이니?"

"지난번에 우리 집에 와서 일을 해 준 적이 있어요."

"그랬구나. 네 이름은 뭐니?"

"주디 셀머에요."

"난 김창진. 옜다, 아저씨 명함이다. 나도 딸이 있단다. 거기 주소하고 전화번호가 있으니 시간이 있으면 놀러 오렴."

'놀러 오렴.'

입 속으로 되뇌어 보았다. 가슴이 따뜻해지는 말이었다. 어두운 골목에 등불 하나가 켜졌다. 얼굴이 닮은 친척 한 분이 생긴 듯한 기분이었다.

"정말 놀러 가도 돼요?"

주디는 생글생글 웃으면서 아저씨를 쳐다보았다.

"왜 믿어지지 않니?"

"아니 뭐, 꼭 그렇다기보다는요."

주디는 말끝을 흐렸다. 아저씨를 알게 된 지 삼십 분도 채 안 됐다는 생각이 들었다. 낯선 사람한테 지금처럼 아무 거리낌 없이 행동한 일이 있었나? 왜 이렇게 무턱대고 아저씨에게 마음이 가는지 그 이유를 알 수 없었다.

주디는 좀 어리광스레 입을 떼었다.

"저어, 아저씨. 부탁이 하나 있는데요."

"뭐든지!"

아저씨는 흔쾌히 대답했다. 주디는 한달음에 이층을 올라갔다 내려왔다. 그리곤 쪽지를 내밀었다.

"오호! 이건 나이 드신 분이 쓰신 거로구나. 글씨나 말투가

옛날 투야. 여기 좀 봐, '아가' 가 아니고 '악아' 라고 써 있잖니? 아참, 넌 한글을 모르겠구나. 글씨체가 여자 같은데 아마 할머니가 쓰셨나 보다."

아저씨는 서둘러 한 줄 한 줄 읽어 가며 번역을 하기 시작했다. 주디는 빨려들 듯 귀를 기울였다. 긴장이 되었다.

악아, 금창이 미어지는고나. 혈육의 인연이 어이 이다지도 짧더란 말이냐. 널 남에게 보내야 하다니 이 노릇을 어이할고. 차마 눈뜨고 볼 수가 없노라. 사는 일이 너무도 고단하야 이리 되었으니 누구를 원망하랴.
악아, 인연이 닿으면 언젠가 다시 만날 날이 있으리라. 살붙이도 피붙이 못지 않으니 누구든 널 거두거들랑 말씀 잘 듣고 건강하니 잘 살거라.

"그게 다예요?"

주디가 낮게 물었다. 아저씨는 시선을 거두며 고개를 끄덕였다. 주디는 정성스레 쪽지를 접었다. 그리곤 '미어지다', '보내다', '고단하다' 와 '다시 만나다' 라는 단어들을 곱씹었다.

“친할머니가 쓰셨니, 외할머니가 쓰셨니?”

“몰라요. 누가 쓰신 건지.”

“미, 미안하구나.”

“괜찮아요.”

주디는 담담하게 말했다.

할로인 날이 되었다. 주디는 준비했던 옷과 가면을 집에 놔둔 채 학교로 갔다. 할로인 행사가 시들해서였다. 그 날만 시들해진 게 아니었다. 주디는 열한 살 생일에서 두어 달이 넘어간 요즘의 일들이 다 시들했다. 불현듯 가슴이 철렁하면서 싸해지는 일이 잦아졌다. 쪽지를 읽고 난 후부터였다.

비가 오던 날 방문한 김 사장님에게 주디는 편지의 글자들을 모두 소리나는 대로 영어로 써 달라고 부탁했었다. 편지의 내용은 물론 말까지도 전부 다 알고 싶어서였다. 가슴이 허전한 날이면 주디는 인형의 편지를 외웠다.

“악아, 금창이 미어지는고나. 혈육의 인연이 어이 이다지도 짧더란 말이냐…….”

그러면 거짓말같이 금세 눈물이 주르륵 흘러내렸다. 주디는 방문을 꼭꼭 걸어 잠그고 눈이 퉁퉁 붓도록 울었다.

11월이 되자 바람 부는 날이 많아졌다. 나무들은 숱 많은 머리를 풀어 헤친 채 파들파들 괴로워했다. 그런 날은 으레 늦가을 나무들의 고운 색 머리털이 뭉턱뭉턱 뽑혔다. 낙엽이 여기저기로 흩날렸다.

방안 가득 푸른 달빛이 스며드는 날이 계속되었다. 달빛은 고요했다. 그 고요함에 짓눌렸는지 벽의 그림자는 새까마니 짙었다.

'너는 혼자야.'

창밖으로 달이 보이면 주디의 마음속에선 쏴아쏴아 바람이 일었다.

주디는 플루트를 불었다. 플루트의 소리는 달빛을 타고 가냘프게 흘렀다. 식구들은 아무 소리도 못하고 주디가 잠들기만을 기다려야 했다.

주디의 입술에는 '몰라요', '싫어요' 라는 말이 매달려 있었다. 제풀에 화가 나서 종일 밥을 굶거나 학교를 결석하기도 했다. 그런 날엔 방문을 걸어 잠그고 누워서 꾀병을 앓았는데 그러다가 정말로 열이 펄펄 끓었다.

주디는 짬짬이 제 마음속의 미움을 표시했다. 그건 식구들이 가장 아끼는 물건을 몰래 감추는 일이었다. 그러다가 잊을 만하면 도로 갖다 두곤 했다. 금으로 도금한 아빠의 넥타이핀, 엄마의 향수, 오빠의 풋볼 헬멧, 그런 것들이 감쪽같이 없어졌다. 그때마다 주디가 먼저 의심을 받았다. 그러면 섭섭해서 왜 무조건 자신부터 의심하느냐며 화를 냈다. 한번은 오빠랑 크게 다투고 나서 오빠의 수학 공책을 몰래 찢어 버린 일도 있었다. 오빠의 시험 날은 바로 그 이틀 뒤였다.

어느 날이었다. 주디는 이번에도 아프다는 핑계로 학교도 안 가고 제 방에서 빈둥거리고 있었는데 김 사장님의 부인이 자동차를 몰고 왔다. 주디를 위해 엄마가 특별히 청을 드린 모양이었다.

"잘 놀다 오렴."

엄마는 뾰로통해 있는 주디의 등을 떠밀었다. 그 동안 두 집안 어른들은 서로 집으로 초대를 했었는데 아빠랑 엄마는 주디를 위해서도 잘된 일이라 여기는 눈치였다.

주디는 차에 올라탔다. 차는 짙은 감색 볼보였다.

"난 방울이 엄마야."

내미는 손이 고왔다. 미국 여자들은 얼굴에 비해 손이 밉다. 어렸을 때부터 집안일을 많이 하기 때문에 그럴 것이다. 주디는 저와 비슷한 모양의 손이 덥석 잡고 싶을 만큼 반가웠다.

'그래, 나는 이렇게 피부 색깔이 같은 손을 잡아 보고 싶었어.'

그런데 선뜻 손이 나가지 않았다. 주디는 그 대신 조금 웃어 보였다.

“한국에서는 누구누구의 엄마라고 아이 이름으로 불러. 여기서처럼 애 어른이 서로의 이름을 부르는 일은 없어.”

엄마가 분명 뭐라고 했을 터인데 방울이 엄마는 아무것도 묻지 않았다. 친척 아이 대하듯 하는 게 호감이 갔다. 주디는 차창 밖으로 자꾸 뒷걸음치는 거리를 바라보았다. 이모나 외삼촌의 집에 가고 있는 거라면 얼마나 좋을까? 얼핏 그런 생각이 들었다.

“방울인 세 살짜리 우리 딸이야.”

방울이라는 말이 또랑또랑 맑게 들렸다.

“호적 이름은 서영이인데 한자의 ‘영’ 자가 우리말로 ‘방울’ 이란 뜻이거든. 그래서 그렇게 불러. 왜 너무 어린 딸이 있어서 놀랐어?”

호적, 한자 이름, 그런 것들을 낯설어 했을 뿐인데 놀란 걸로 비춰졌나 보았다. 주디는 또 씨익 웃었다.

방울이 엄마는 자기 친구한테 하듯이 이런저런 이야기를 했다. 그게 또 좋아 보였다.

“내 말이 재미없니?”

또다시 미소만 짓자 방울이 엄마는 흥얼흥얼 노래를 부르면서 운전을 했다. 한국말 노래였다. 듣고 있노라니 가벼운 비눗방울이 되어 동동 뜨는 느낌이었다.

"노래가 참 좋아요."

주디가 처음으로 입을 열었다.

"그러니? 그런데 이건 노래가 아니고 시란다. 시에다 그냥 내 맘대로 멜로디를 붙여 본 거야. 중학교 때 배운 건데 난 이 시인의 시를 참 좋아해."

"어떤 뜻인지 알고 싶어요."

"오, 그래? 그럼 영어로 번역해 줄 테니 들어 봐. 사랑하는 것은 사랑 받느니보다 행복하나니라. 오늘도 나는 에메랄드빛 하늘이 환히 내다뵈는 우체국 창문 앞에 와서 너에게 편지를 쓴다. 어때? 난 말야, 고향 생각이 날 때마다 이 시로 노래를 만들어서 부르곤 해. 내 즉흥곡, 마음에 들어?"

주디는 앞을 보며 또 그냥 살포시 웃었다.

'정말 사랑하는 것은 사랑 받는 것보다 행복한 것일까?'

의자 등받이에다 몸을 기대었다. 방울이 엄마의 노래는 어느새 곡조가 달라져 있었다. 그래도 '사랑하는 것은 사랑 받는 것보다 행복하나니라' 라고 부르는 대목은 여전히 듣기 좋았다.

'도대체 사랑이란 무얼까?'

'난 누구를 사랑하나?'

'누구의 사랑을 받고 싶은가?'

사랑에 대해 생각하는 건, 빨간 사탕이 들어 있는 동그란 통을 들여다보는 일이다. 꽃에게로 다가가 향기를 들이마시는 일이다. 옥색으로 소용돌이치는 계곡물에 발을 담그고 문득 눈을 들어 흰 구름을 바라보는 일이다. 그리고 키 큰 나무숲을 살랑살랑 흔드는 푸르른 바람 소리를 듣는 일이다.

그러나 지난번 로빈과의 데이트가 엉망이 된 이후 주디는 사랑이란 감정이 얼마나 일방적인 것인지, 또 얼마나 물거품 같은 것인지를 느꼈다.

"나 어릴 적 살던 집은 아주 시골이었어. 감나무 한 그루가 마당에 서 있었지."

방울이 엄마는 고향 이야기를 했다.

"감꽃이 피었다가 마당에 떨어지면 그걸 실에 꿰어서 목에 걸고 다녔단다. 언젠가 하와이로 여행을 갔더니 공항에서 꽃목걸이를 걸어 주더구나. 그때 왜 그렇게 고향 생각이 나던지……. 그냥 다시 비행기를 타고 훌쩍 한국으로 날아가고 싶더라니까. 고향을 떠올리면 왠지 뜨거운 여름날의 논물 냄새가 나. 논둑에 서서 하늘을 보면 뭉게구름이 눈부시게 피어올랐지. 밤에는 모깃불을 피워 놓고 멍석에 누워 별을 세다가 잠이 들었어. 잠결에도 와글와글 울어 대던 개구리 소리 사이로 엄마가 모기를 쫓느라 설렁설렁 부쳐 주던 부채 바람이 얼마나 기분 좋던지. 맞다, 시커먼 하늘에서 갑자기 쏴아 쏟아지던 소나기도 그립다."

방울이 엄마는 앞만 보면서 운전했다. 그러다가 고개를 조금 숙여 11월의 엷은 구름을 올려다보았다.

"저는 고향이 없어요."

주디가 말했다.

"엄마가 부쳐 주시는 부채 바람이 어떤 건지도 몰라요."

주디는 방울이 엄마가 가지고 있는 고향의 추억이 부러웠다. 낯설기만 한 감꽃 목걸이와 논물 냄새까지도.

"넌 여기가 고향이야."

"그렇겠지요?"

주디는 잠자코 있으려다 그렇게 말했다.

"나도 이젠 고향을 잃었는걸. 그런데 왜 늘 어릴 적 고향만 생각나는지 모르겠어."

방울이 엄마는 입을 다물었다. 주디도 그랬다.

"정을 붙이면 다 고향이랜다."

목적지에 거의 다다랐을 때 방울이 엄마가 불쑥 말했다.

"조오기가 우리 집이야."

방울이 엄마가 턱으로 집을 가리켰다. 그제야 주디는 고개를 들었다.

방울이네 집은 백인들과 흑인들이 사는 지역의 경계선쯤에 있었다. 제법 아담한 빌라형 집이었다. 땅콩껍질 모양의 앙증스러운 수영장도 있었다. 창턱에는 이름 모를 화분들이 나란히 놓여 있었다.

"어서 들어가."

방울이 엄마는 현관문을 열면서 등을 가볍게 밀어 주었다. 주디는 누군가 자기 등에 손을 댈 때면 마음이 푸근해지면서 문득 기대고 싶어지곤 했다. 그래서일 게다. 조금도 낯선 집에 온 느낌이 안 들었다.

"난 집에서 아이 보는 일을 해. 애들을 좋아하거든. 오늘은 마침 돌볼 아이가 없어서 한가했어. 한국에 있을 때는 초등 학교 선생님이었단다."

마실 것을 따라 주면서 방울이 엄마는 사근사근 자기 소개를 했다.

"주디라고 했지? 어때, 나한테 우리말이랑 글을 배워 볼 생각 없어? 그 동안 학생들을 안 가르쳤더니 몸이 비틀려서 말이야. 호호호."

또르르르 굴러가는 웃음소리가 집안을 울렸다. 뜻밖의 제안에 주디는 주스를 조금 엎질렀다. 언젠가는 꼭 이루고 싶은

소원이었는데 이렇게 쉽사리 이루어지다니. 소원을 들어 주는 천사가 창문 앞을 지나가다가 들은 모양이었다. 주디는 눈동자를 빛내며 마주 바라보는 것으로 그거야말로 간절한 자신의 소망이었음을 알렸다.

탁자 위에 한글 자모 카드를 놓으며 방울이 엄마가 말했다.

"눈이 참 맑구나. 세상에 있는 나쁜 건 하나도 안 보았을 것 같아."

주디는 찔끔했다.

'내가 얼마나 속 좁고 심술궂은 아이인데, 남들이 숨긴 흉터를 젤 먼저 찾아 내는 게 난데…….'

저절로 얼굴이 붉어졌다.

"이게 뭔지 짐작이 가지?"

물론이었다. 인형의 편지에도 세모, 네모, 동그라미에다가 지붕처럼 보이는 이런 모양의 글자들이 있었다. 주디는 고개를 끄덕였다.

"그래, 한글 알파벳이야. 우리 나라 글자를 한글이라고 하지. 큰 글이라는 뜻이야. 세종대왕이 처음 만들 때는 스물여덟 자였는데 지금 쓰고 있는 건 스물넉 자야. 지구상에서 글자가 있는 나라는 그리 많지 않아. 역사적으로는 약 4백 종의 문자가 사용되었어. 하지만 현재 인류가 사용하는 문자는 30종 내

외에 불과해. 그것도 대부분 아시아 지역에서 사용되는 문자들이야."

방울이 엄마는 벌써 예전의 선생님으로 돌아가 있었다.

"세계 언어학자들도 깜짝 놀랐지. 한글이 과학적인 글자여서 말야. 배우기도 얼마나 쉽다고. 게다가 소리 글자여서 고양이나 닭소리까지 다 쓸 수 있어. 주디, 자랑스럽지 않니?"

언젠가 영어 알파벳을 누가 만들었느냐는 질문에 갤빈 선생님은 웃으며 말했다.

"야, 만들긴 누가 만들어? 이렇게 저렇게 쓰였던 게 여러 나라에 전해지고 변화 발달하면서 오늘날까지도 사용하게 된 거지."

엄마의 나라엔 엄연히 글자가 있었다. 그것도 엄마의 나라 사람들이 만든 글자였다. 왜 자랑스럽지 않겠는가? 방울이 엄마는 계속해서 이야기했다.

"한글이 언제 창제되었는지 알아? 자그마치 지금으로부터 5세기 전이야. 그때 미국이란 나란 지구상에 있지도 않았어. 반만 년이 넘는 역사를 가진 우리 나라에 비하면 2백 년 된 미국은 애송이야 애송이. 무턱대고 기죽을 필요 하나도 없어."

"그렇게 오래됐어요?"

그 다음은 '물론 기죽을 필요 없지요' 라고 말하고 싶었다.

그러나 생각과 실제는 다른 법이다. 거리에서 쇼핑몰에서 그리고 버스에서조차 이들 애송이들은 알게 모르게 주디의 어깨를 축 처지게 하지 않았던가?

"너희 학교에서도 단어 경시대회 같은 거 하지?"

"그거 외우느라 골치가 아파요."

"그럴 거야. 너도 알다시피 영어는 철자랑 발음이 다른 게 많잖아. 그런데 한글은 발음 나는 대로 쓰기만 하면 끝이야. 약간의 규칙만 지키면 돼. 한글을 아는 미국의 컴퓨터 전문가가 뭐랬는지 아니? 영어는 단어마다 자음과 모음이 일정하지 않아서 컴퓨터 자판에 글자를 배열하기가 곤란하대. 그런데 우리말 글자들은 자음 모음, 자음 모음 자음, 이렇게 구성되어 있거든. 그래서……."

방울이 엄마는 집중해서 들으라는 듯 탁자를 톡톡 두드렸다.

"많이 쓰이는 자모는 힘있는 손가락으로 치도록 배열할 수가 있대. 그리고 왼손과 오른손 사용의 빈도가 비슷하도록 배열할 수도 있어서 굉장히 편리하대. 한글을 세계 공용어로 쓰자고 주장한 학자들도 있다니까. 그 이유야 물론 한글이 간편해서지. 지금은 안 쓰는 옛날 글자까지 이용한다면 어느 나라 말이든지 문자로 옮겨 쓸 수 있기 때문이야. 어때? 이 정도인 줄은 몰랐지?"

방울이 엄마의 얼굴은 어느덧 상기되어 있었다. 주디가 물었다.

"중국이나 일본에도 자기 나라 글이 있겠지요?"

"있고말고. 중국 사람들은 한자라는 걸 써. 한자는 각 글자마다 의미가 담긴 뜻글이야. 그러니까 자기 생각을 쓰려면 수많은 글자를 다 알아야 해. 일본 글자는 한자에서 모양을 딴 건데 자모의 수가 쉰 자나 된단다. 왜, 도레미파솔라시 칠음계만 가지고 클래식에서부터 랩 음악까지 다 작곡할 수 있잖니? 한글도 그거랑 똑같아."

조곤조곤 설명하는 품새로 보나, 학생이 된 주디의 마음을 단숨에 사로잡은 걸로 보나 방울이 엄마는 훌륭한 선생님이었다.

"스물넉 자가 다 다른 모양은 아니야. 모음은 기본 석 자, 자음은 기본 일곱 자를 가지고 거기에다가 획을 더하거나 같은 글자를 겹쳐 만든 거야. 그러니까 모양이 비슷비슷한 셈이지. 아무리 머리가 나쁜 사람도 사흘이면 배울 수 있어. 넌 똘똘하니까 세 시간이면 다 알걸?"

주디는 신이 났다. 방울이 엄마가 그런 주디를 보고 생긋 웃었다.

'덧니가 있었구나!'

덧니는 방울이 엄마를 소녀처럼 보이게 했다.

방울이 엄마가 다시 자모 카드를 가리키며 말했다.

"주디, 잘 봐. 이걸 알면 더 재미있을 거야. 여기 이 모음은 하늘, 땅, 사람을 의미해. 이 자음들은 입술 모양, 이와 혀가 닿은 모양, 목구멍 모양을 본따서 만들었어. 한글은 깊은 철학이 담겨 있는 글자란다, 주디. 철학이라는 말 알지?"

방울이 엄마의 '철학' 이라는 발음은 영어답지 않았다. 그러면 어떠랴? 외국에서 살다가 온 미국 사람들 치고 원래 자기 나라 발음과 억양이 없는 사람이 없는데.

주디의 우울한 기분은 말끔히 사라졌다. 그 대신 알 수 없는 자신감이 생겼다. 자신감이 있는 아이의 얼굴은 밝다. 주디의 이마도 환해졌다. 주디는 화요일 오후마다 와서 말을 배우기로 했다.

방울이 엄마가 새로이 마실 것을 내왔다. 오렌지 주스였다. 주디는 유리잔 가득한 노란색을 보며 곱다는 생각이 들었다. 참으로 오랜만이었다. 주디는 두 손으로 노란 유리잔을 살며시 감싸 쥐었다.

자꾸만 작아지던 마음의 키가 쑤욱 커지고, 겹겹이 잡혀 있던 마음의 주름살도 주욱 펴졌다. 이제 누가 뭐래도 맥없이 흔들리진 않을 것 같았다. 한국인이라는 뿌리가 주디의 든든한 버팀목이 되어 줄 테니까.

엄마가 주디를 방울이네 집으로 보낸 건 역시 현명한 일이었다. 주디의 눈빛은 다시 빛나기 시작했다.

"누가 오션?"

"네, 아버님. 손님이 오셨어요."

"손님?"

"왜 지난번 우리 집에 오셨던 셀머 씨 있잖아요. 그분 따님이에요."

할아버지가 꼬마를 앞장 세워 들어오셨다. 꼬마는 두 손을 벌리고 쪼르르 달려오더니 폴짝 뛰어 엄마에게 안겼다. 오동통하니 귀여운 모습이 엄마를 닮았다. 주디는 인사도 잊은 채 물끄러미 방울이를 바라보았다.

저 까만 눈동자를 보아라!

저 조그맣고 나지막한 코를 보아라!

짙은 흑갈색 머리하며 꽃잎보다 더 보드라운 저 얇은 입술을 보아라!

단풍잎 같은 작은 손은 엄마의 뺨을 어루만지고 발은 촐랑촐랑 흔들리는구나.

할아버지가 헛기침을 했다. 그제야 주디는 할아버지에게

인사를 했다.

"쎌마 씨네 따님이라구?"

"예, 아버님."

"허어, 기리구 보니까니 쎌마 씨가 양녀를 들인 모양이로구만."

주디가 어리둥절한 눈으로 쳐다보았다. 한마디도 알아들을 수 없는데다가 노인의 목소리가 너무 쩌렁쩌렁해서였다. 노인은 깡마른 몸집이 자그마했으나 위엄이 있었다.

"이보라우, 야래 무슨 말인가 해서 눈이 땡그랑해졌어?"

"어머나, 정말이네요. 아버님, 하실 말씀이 있으시면 하세요. 제가 통역해 드릴 게요."

방울이 엄마가 싹싹하게 말하자 노인은 고무나무 화분 옆 흔들의자에 가 앉았다. 그리곤 깊은 눈으로 주디를 바라보며 천천히 몸을 흔들었다.

침묵이 갑갑하게 여겨질 때쯤 노인은 다시 쩌렁쩌렁한 목소리로 말문을 열었다.

"사람은 말야 근본을 아는 거이 중요한 기야. 뿌리를 알아야 헌다 이런 말이디. 고롬, 기렇구말구."

통역이 되기를 기다리는 동안 노인은 몇 번이고 콧수염을 가다듬었다.

"아무리 미국 양부모 밑에서 여기 사람으로 산다 해도 기래. 기건 겉모양새고 속에 흐르는 피는 어디까지나 한국 사람인 기야. 고롬, 기렇구말구."

엄마 품에 안긴 방울이가 선하품을 했다.

"아무리 빵에다 버터를 발라 밥 대신 먹구, 고추장 대신 토마토 케첩인가 허는 거를 쳐서 먹는다 해도 기래. 코쟁이 흉내만 내고 살면 안 되는 기야. 고롬, 기렇구말구."

'고롬, 기렇구말구.'

주디는 속으로 중얼거려 보았다. 인형의 편지 다음으로 들어본 엄마 나라의 말이었다. 재미있었다.

"또 잊지 말아야 할 거이 하나 있디."

할아버지는 흔들의자에서 일어나 뒷짐을 지었다. 그 바람에 고무나무 잎들이 출렁거렸다.

"양부모헌테 잘 하라우."

주디의 가슴이 철렁 내려앉았다. 왠지 들킨 기분이었다. 그걸 감추려 눈을 내리깔았다. 그러곤 무릎 위에다 의미 없는 글자들을 자꾸 썼다.

"고분고분 말씀 잘 듣고, 기카고 그분들이 기뻐할 일을 적어도 하루에 한 가지씩 하라우. 아직 철이 없어서 기렇디 그분들의 은공은 머리카락으로 신을 삼아도 다 갚을 수 없어야. 고롬, 기렇구말구."

'그래. 요즘, 엄마는 나 때문에 충분히 시달리셨어. 할아버지는 날 꿰뚫어 보시는구나.'

주디는 할아버지의 주름진 얼굴을 올려다보았다. 눈썹 하나가 유난히 길었다.

"부모헌테 효도허는 거, 고거이 벨루 어려운 일이 아니야. 고롬. 기카구, 효도는 말이디, 돈이 드는 것두 아니구 힘이 드는 것두 아니야. 돈 드는 거 없이 남에게 베풀 수 있는 거이 일곱 가지가 있디."

할아버지가 쫙 펴 보인 일곱 개의 손가락은 메말라 보였다. 오래 된 나뭇가지 같았다.

"옛 어른의 말씀이야. 어디 한번 들어 볼렌?"

할아버지는 방울이를 보면서 잠시 빙그레 웃었다. 방울인 엄마 품안에서 새근새근 자고 있었다. 천사가 잠을 자면 저런 얼굴일 거였다.

"잘 들으라우. 맨 먼저는 다정한 눈빛으로 남을 대하는 거이야. 그담엔 환하게 밝은 얼굴로 남을 대하는 거이구."

할아버지는 흐릿한 눈을 껌뻑거렸다.

"남에게 말할 때는 자상하고 고운 말로 친절하게 허고, 그다음은 내 힘으로 남을 도와 주는 거, 마음으로 남의 고통을 덜어 주고 기도하는 거. 기카구 또 노약자나 아픈 사람에게 자리를 양보하는 거이야."

할아버지는 잔기침을 하고 나서 말을 이었다.

"끝으로 일곱 번짼 길에서 자는 나그네에게 잠자리를 마련해 주는 거이디, 이거이 다야. 고롬."

방울이가 잠결에 입맛을 쩝쩝 다셨다. 노인의 눈에 희미한 웃음기가 어렸다.

"어드레? 이것 중에 돈 드는 거 이서? 없디? 효도허는 것두 마찬가지야. 마음에서 우러나서 허는 거이면 뭐라도 돼. 고저 부모님 맘 편하게 해 드리고 속썩이디 않는 거, 바로 고거이 효도디. 고롬, 기렇구말구."

아저씨의 자동차를 타고 집으로 돌아오는 길은 즐거웠다. 방울이 엄마랑 잡채와 불고기를 만들어 먹었던 것도 잊을 수 없을 것이다. 혀끝에 감돌던 당면 국수의 맛, 여태껏 먹어 보았던 고기와는 전혀 다른 양념의 불고기. 주디는 너무 많이 먹어서 다이어트를 하려면 며칠은 굶어야 할 거라고 생각했다.

"즐거웠나 보구나."

"네, 아주 많이요. 그런데 아저씨, 고롬 기렇구말구가 무슨 뜻이에요?"

아저씨는 차안이 떠나가라 웃었다. 뜻을 알게 된 주디는 말끝마다 그 말을 덧붙였다.

착해지고 싶다. 착한 생각을 가진 아이는 깃털만큼 가벼워져서 하늘을 두둥실 난다. 무엇 때문에 울근불근 저를 볶아 대는가. 마음 한번 고쳐 먹으면 이렇게 간단한 것을.

주디는 마음이 한결 홀가분했다.

고양이를 찾아서

두 줄기의 자동차 불빛이 느릅나무를 비추었다. 주디는 안전벨트를 풀고 내릴 준비를 했다. 바로 그때였다.

끼익!

급브레이크를 밟는 소리가 밤공기를 갈랐다.

"야, 너 미쳤니?"

차창이 내려지면서 날카로운 꾸중이 날아들었다. 곧이어 붕 소리와 함께 자동차는 떠났다. 바로 주디네 집 앞이었다.

"어머나, 저게 뭐지? 아저씨, 잠깐만요."

차가 서자마자 주디는 차에서 뛰어내려 검은 물체가 있는 쪽으로 다가갔다. 길 잃은 어린 고양이였다. 주디는 고양이를 품에 안고서 차로 돌아왔다.

"어떠니?"

"괜찮은 것 같아요."

"어쩔려고?"

"집에 가서 어디 다친 데 없나 잘 살펴봐야죠."

"자, 그럼 아저씬 간다. 엄마한테 안부 전해 주렴."

"네, 그럴 게요. 데려다 주셔서 고맙습니다."

"고맙긴, 또 보자."

아저씨는 맵시 있게 차를 돌려 떠났다. 주디는 자동차가 사라질 때까지 손을 흔들었다.

초저녁이어서인지 뒤결 부엌문은 잠겨 있지 않았다. 주디는 살금살금 제 방으로 올라왔다. 오빠 방에선 풋볼이 벽에 맞고 퉁기는 소리가 났다. 고양이 울음 소리는 투박한 풋볼 소리에 묻혀 버렸다.

목욕을 시키고 털을 말리면서 보니 고양이는 너무 야윈 데다가 발톱 한군데가 빠져 있었다. 눈도 약간 찌그러진 모양이었다. 떠돌아다니는 동안 힘들게 살았던 흔적이 고스란히 남아 있었다. 주디는 가슴이 찌르르 아팠다.

방안의 불빛이 눈이 부신지 고양이는 눈을 가늘게 뜨고 새 주인의 얼굴을 쳐다보며 야옹거렸다.

"야옹아, 걱정하지 마. 내가 널 돌봐 줄게."

고양이를 안고 목덜미를 어루만지노라니 주디의 품이 따뜻해 왔다.

"넌 참 포근하구나. 오늘부터 네 이름은 포근이야."

주디가 이름을 불러 주자 고양이는 가냘프게 울며 주디를 빤히 쳐다보았다. 그 눈길이 배고픔을 호소하는 것 같았다. 밥을 먹이려면 부엌에 가서 뭔가를 가져와야 한다. 그제야 주디는 아래층으로 내려가 다녀왔다는 인사를 했다.

"이런, 너 오는 것도 몰랐구나."

아빠를 기다리는지 엄마는 거실에서 책을 읽고 있었다.

"어떻든?"

"아주 친절한 분들이에요."

"저녁은 먹고?"

"그럼요. 불고기, 그거 너무너무 맛있었어요. 많이 먹어서 사흘쯤은 굶어도 될 거 같아요."

"사흘씩이나?"

엄마의 목소리가 드높았다. 주디가 한결 명랑해진 걸 반기는 듯했다.

주디는 부엌으로 가서 살그머니 냉장고 문을 열었다.

"배부르다며 냉장고 문은 왜 또 여니?"

마침 부엌 옆을 지나치던 엄마가 주디를 보며 말했다.

"무, 물 좀 마시려고요."

"넌 지금 소시지를 들고 있어."

엄마는 호호호 웃으면서 방으로 들어갔다.

"휴우!"

주디는 가슴을 쓸어 내리며 방으로 올라갔다.

작은 소시지 하나를 통째로 다 먹고 난 포근이는 앞발로 입을 한바탕 문질러 댔다. 그러곤 제집처럼 침대로 훌쩍 올라가 이내 코를 골았다.

"벌써 자니?"

주디는 머리를 쓰다듬어 주었다.

버림받았다는 건 사람이든 고양이든 모두 다 지치게 한다. 지친 이들은 또 불쌍해 보인다. 오갈 데 없는 고양이한테서 주디는 어렸을 때 자신의 모습을 발견했다.

"걱정 마. 내가 보살펴 줄 테니까."

방울이네 할아버지가 말했다. 길에서 자는 나그네에게 잠자리를 마련해 주는 건 돈 안 들이고 남에게 베풀 수 있는 일이라고.

"나도 고양이 나그네한테 내 침대를 내주었어. 고롬, 기렇구말구."

주디는 피식 웃으며 고양이에게 이불을 덮어 주었다.

식구들 모르게 길 잃은 고양이를 키운다는 건 보통 일이 아니었다. 대소변은 어떻게 처리한다 해도 울음 소리를 막기는 힘들었다. 주디는 마스크를 씌우기도 하고 목에다 끈을 매어 침대 밑에 숨겨 놓기도 했다. 때론 옷장 속에도 넣어 보았다. 그것도 여의치 않을 땐 가방에다 넣고 학교에 데려갔다. 주디는 식구들에게 고양이를 들키지 않기 위해 하루 하루 머리를 짜내야만 했다. 짐작대로 오빠는 주디 방에 들어서기만 하면 재채기를 해댔다.

"감기가 들었나?"

엄마는 코가 뚫리는 약을 오빠에게 갖다 주면서 혼잣말을 했다.

고양이를 기른 지 이럭저럭 한 달이 지났을 때였다. 주디는 아만다에게 전화를 걸었다. 포근이를 들키지 않은 기쁨을 아만다랑 함께 나누고 싶어서였다.

"날 초대한다고? 그거 좋지. 그냥 쫄래쫄래 찾아가는 것보다 훨씬 우아한 일이야. 그런데 무슨 날이니? 네 생일은 아닐 테고……."

"누가 내 생일이랬어?"

"아, 맞다. 데이빗 오빠 생일이지?"

아만다의 목소리가 가볍게 떨렸다.

"우리 오빠 생일인데 왜 널 초대해? 너 혹시 우리 오빠 좋아하는 거 아니니?"

"아냐 아냐. 안 그래."

아만다는 필요 이상으로 펄쩍 뛰었다.

"얘 좀 봐, 정말이네."

주디가 정색을 했다.

"어쩐지 우리 집엘 자주 놀러 오더라. 아휴, 억울해라. 날 보러 오는 줄 알았더니."

둘은 동시에 까르르 웃었다.

아만다는 쑥색 스커트와 상아빛 앙고라 스웨터에 굽이 낮은 구두를 신고 왔다. 머리도 드라이를 했는지 단정했다. 늘 청바지에다 운동화 차림이었는데 그렇게 차려입으니 다리가 날씬해서 더 예뻐 보였다.

"멋있는데! 우리 오빠 애인해도 되겠다."

"주디야 제발 놀리지 마."

"사랑에 빠지면 눈이 별처럼 반짝인다더라. 그거 정답이

네."

사내아이 같기만 하던 아만다가 쑥스러워 쩔쩔맸다. 주디는 아만다를 놀려 주면서 촛불을 켰다. 그리곤 챙이 넓은 여름 모자 안에서 고양이를 꺼내 놓았다. 전등을 끄고 탁자 위에 덮었던 종이를 걷어내자 조촐하게 차려진 다과 쟁반이 나왔다. 포근이의 환영 파티인 셈이었다. 주디가 유리잔에다 콜라를 따랐다.

"자, 이 방의 새 식구가 된 포근이와 미래의 올케 언니 아만다를 위하여 건배!"

"주디, 그러지 마. 데이빗 오빠가 알면 싫어할 거야."

"그럼, 너 우리 오빠 짝사랑만 할 거니?"

"포근아, 넌 아주 멋들어진 이름을 가졌어. 너 그거 알아?"

아만다는 딴청을 부렸다. 할 말이 없다 싶으면 으레 능청이었다.

주디는 포근이한테 종이 왕관을 씌워 주었다.

"너 우리 포근이가 얼마나 영리하고 다정하고 깔끔하고 얌전하고 귀여운지 아니?"

"얘 좀 봐, 갑자기 왕수다쟁이가 다 됐네. 붙일 수 있는 칭찬은 다 갖다 붙이고."

"그것 가지고는 모자라. 우리 포근이는 말야, 사랑스럽고 앙증맞고 복스럽고 귀티나."

"왜 그것뿐이니? 훌륭하고 환상적이고 거룩하고는 아니고?"

"후훗, 포근이는 따뜻하고 부드럽고 푹신푹신하고 말랑말랑해."

"암, 그렇고말고. 연하고 쫄깃쫄깃하고 입에 착착 달라붙게 맛도 있지."

"아만다, 이제 보니 너 식인종이로구나."

"내가 왜 식인종이니? 고양이가 사람이니? 그럴 때는 식인종이 아니라 식묘종이라고 하는 거야."

"아유, 넌 어떨 때 보면 꼭 꼬부랑 할머니 같아. 어떻게 그런 어려운 말을 다 아니? 얘, 징그럽다 징그러워."

"칫, 유식한 걸 징그럽다고 하시는군."

입으로는 톡톡거렸지만 둘은 서로 고양이를 안겠다고 실랑이를 벌였다. 할 수 없이 양보한 주디가 플루트 케이스를 꺼냈다. 그리곤 발목까지 내려오는 연주용 검정색 니트를 덧입었다.

"에헴! 지금부터 주디 셀머 양이 '악어가 되고 싶은 고양이' 를 연주하겠습니다. 그리고 오늘의 가수이며 엉덩이 짱인 아만다 매튜어 양이 노래를 하겠습니다."

반주가 끝나기도 전에 아만다는 포근이를 품에 안고 엉덩이를 흔들어 댔다. 약간 허스키한 아만다의 노래가 흘러나왔다.

♬~ ♪

옛날 옛적에 악어가 되고 싶은 고양이가 있었어.
시계를 삼킨 악어는 언제나 재깍재깍 거렸지.
툭 불거진 눈, 울퉁불퉁 멋들어진 몸.
쓰읏쓰읏 물 속을 헤엄치다가 크악크악 입 벌리는 악어가
고양이는 너무너무 부러웠어.

~♪

악어야 악어야 내 말 좀 들어보렴.
내가 너하고 네가 나하면 아주 멋질 거야.
흥, 웃기지 말아라, 야옹아. 내가 뭣 때문에 네가 되니?
잘 생각해 보렴, 악어야. 사람들은 너보다 날 좋아한단다.
천만의 말씀. 그건 모르는 소리!
그이들은 내 가죽을 더 좋아하는걸.

♩♪~♬

그래도 고양이는 날마다 악어를 꼬셨지.
견디다 못한 악어가 어느 날 드디어 허락을 했어.
그래서 악어는 고양이가 되고 고양이는 시계 삼킨 악어가 되었지.

그날부터 악어는 야옹야옹 울퉁불퉁 울고
고양이는 크악크악 재깍재깍 울고.
악어는 건들건들 땅 위를 걷고
고양이는 쓰윽쓰윽 물 속을 헤엄치고.

~♬♪

그러다가 악어가 된 고양이가 싫증이 났어.
그러다가 고양이가 된 악어도 싫증이 났어.
좋았다가도 시간이 지나면 싫어지는 것.
싫었다가도 시간이 지나면 좋아지는 것.
아하, 세상에는 늘 좋을 것도 늘 싫을 것도 없지.

이봐, 아무래도 나는 나인 게 좋겠어.
아무렴, 나도 나인 게 좋고말고.
그래그래, 그럼 도로 바꾸자.
고양이였던 악어는 다시 악어가 되고.
악어였던 고양이는 다시 고양이가 되고.

하지만 버릇은 무서운 거야.
재깍재깍 크악크악 야옹야옹,
악어는 악어이다가도 고양이처럼 울고.

야옹야옹 크악크악 재깍재깍,

고양이는 고양이이다가도 악어처럼 울고. ♪

고양이를 위한 파티는 흥겨웠다. 포근이는 아만다 품에서 눈을 가느스름하게 떴다 감았다 하고 있었다. 딴에도 만족스러운 모양이었다. 그때였다. 갑자기 방문이 벌컥 열리면서 데이빗 오빠가 들어왔다. 떠드느라 노크 소리를 못 들은 것이다.

"아니, 너희들!"

오빠는 고양이를 손가락질했다.

"엣취! 에…… 엣취!"

재채기가 쏟아졌다.

코를 싸쥔 오빠가 문에서 멀찍이 물러났다. 오빠의 호들갑스러운 재채기는 얼굴이 빨개지도록 멈추지 않았다. 엄마가 그 소리를 듣고 올라왔다.

"맙소사."

엄마의 얼굴이 일그러졌다.

"주디, 너……. 어디 네 말 좀 들어보자."

엄마의 얼굴은 싸늘했다. 사람을 꽁꽁 얼어붙게 만드는 표정이었다. 훌쩍 뛰어넘을 수 있을 것같이 만만하게 보이다가도 다가가면 어림도 없는 낭떠러지같았다. 친엄마라면 저런 얼굴로 딸을 대하지는 않을 것이다. 갑자기 가슴이 답답했다.

"아주머니, 이 고양인 제가 집에서 가져온 거예요. 죄송합니다. 데이빗 오빠한테 털 알레르기가 있는 줄 몰랐어요."

아만다가 주디 대신 변명해 주었다. 아만다를 제치고 주디가 앞으로 나섰다.

"아니에요, 엄마. 이건 제 고양이에요. 엄마 몰래 보살피고 있었어요. 떠돌다가 차에 치일 뻔했거든요. 아직 어려요 엄마, 제가 기르게 해 주세요. 네?"

"몰래 보살폈다고?"

"잘못했어요. 용서해 주세요."

"당장 갖다 버리지 못해?"

"불쌍하잖아요. 제발 같이 있게 해 주세요."

"안 돼."

주디는 무릎을 꿇었다.

"엄마, 날마다 설거지 다 할게요."

"……."

"다리미질도 할게요."

"……."

"용돈을 한 푼도 안 주셔도 좋아요."

"주디, 오빠가 재채기를 하면서 괴로워하는 게 네 눈엔 안 보이니?"

"알아요. 하지만 포근이를 버리라고 하진 마세요. 전 버린다는 게 싫어요. 어떤 것도 제 손으로 버리게 하지 말아 주세요. 엄마……."

"알았어. 그럼 내가 버리지."

엄마가 창문을 열었다.

"아, 안 돼요! 그런 뜻이 아니잖아요?"

주디는 몸을 날려 엄마를 막았다. 그러나 이미 고양이를 지붕 아래로 던진 뒤였다.

"포근아!"

주디는 계단 난간에 올라타고 아래층으로 미끄러져 내려왔다. 그리고는 밖으로 뛰어나갔다. 정원의 덤불 사이사이를 다 뒤졌지만 고양이는 없었다.

주디는 느릅나무가 있는 큰길 쪽으로 나갔다. 거리는 인적 하나 없이 쓸쓸했다. 행여나 고양이의 흔적이 있나 싶어 주디는 눈을 크게 뜨고 어슴푸레한 거리를 살피며 걸었다.

"포근아, 포근아아아!"

어두움 저편에서 땅을 울리면서 바퀴가 큰 화물자동차가 지나갔다. 뒤이어 달려온 자동차 불빛이 잎을 떨군 빈 나뭇가지 속을 길게 비추곤 사라졌다.

"하느님, 제발 포근이를 찾게 해 주세요."

주디는 고개를 들어 간절히 하늘을 올려다보았다.

오토바이를 탄 남자가 목도리 한 자락을 날리며 지나갔다. 곧 이어 안경을 쓴 노부인이 조심스레 차를 몰고 갔다.

어느덧 거리는 어두움에 휩싸였다. 빌딩들의 네온등이 켜졌다 꺼졌다 하면서 지구 밖 외계에 신호를 보내고 있었다.

고개를 떨구고 땅만 보며 터벅터벅 걷던 주디는 제 발걸음이 저절로, 정말 저도 모르게 저절로, 방울이네 집으로 가고 있음을 깨달았다. 그러자 걷잡을 수 없이 소용돌이치던 마음이 얼마간 진정되었다.

'애원을 했는데도, 무릎까지 꿇었는데도, 엄만 어쩜 그렇게도 매정할까?'

가슴이 아렸다. 오로지 친아들을 위해서 데려다 기른 딸의 자존심은 간단히 무시해 버리는 양엄마를 도저히 이해할 수 없었다.

주디는 몹시 쓸쓸했다.

너 괜찮니?

어느 집에선가 낯익은 노랫소리가 흘러나왔다.

'만남 그 다음은 이별이라네.'

오디오는 찌그덕거렸다.

아빠는 긴 대걸레로 현관 밖 층계를 닦을 때마다 이 노래를 흥얼거렸다. 그러면 주디는 하던 일을 팽개치고 달려가 아빠 목 한가운데에 불룩 튀어나온 '아담의 사과'를 붙잡는다. 물론 목젖을 너무 떨어서 음정이 엉망이 되는 걸 막기 위해서다. 아빠는 으레 목이 졸리는 시늉을 하면서 살려 달라고 엄살을 부리고, 주디는 까르르 웃는다.

아빠는 또 세일즈 여행 중이었다. 만약 동물 애호가 협회 회원인 아빠가 집에 있었다면 적어도 고양이가 지붕 아래로 내동댕이쳐지는 일은 없었을 것이다.

'포근이를 찾을 때까지 집엔 들어가지 말아야지. 내가 집에서 나간 걸 알면 아빤 펄펄 뛰며 엄마를 야단치실 거야.'

주디는 그렇게 믿고 싶었다.

"당신은 언제나 데이빗의 알레르기만 중요하지? 그 녀석만 자식이야? 주디의 의견도 존중해 주어야 되는 거야. 자식을 기르는 사람이 애들을 편애하면 안 된다는 거, 당신 잊었어?"

포근이를 내쫓은 엄마가 이렇게 야단을 맞는다는 건 얼마나 고소한 일인가.

주디는 걸음을 멈추지 않았다.

♫~
만남 그 다음은 이별이야
이별은 씁쓸한 것
상처받기 십상이지 ♪

주디는 우두커니 서서 노래를 들었다. 흐느끼듯 부르는 목이 쉰 여가수의 노래는 주디를 자꾸만 우울의 골짜기로 밀어

냈다.

'만남 그 다음은 이별이라고? 맞아. 나도 지금 그 이별을 경험하고 있는 거야. 나는 이별을 타고난 아이이거든. 하지만 저 노래는 거짓말이야. 이별은 씁쓸한 것이 아니야. 상처받기 십상이라는 건 어느 정도 맞는 말이지만. 이별은 비참함이야. 알아? 오갈 데 없는 이별은 캄캄한 절망이고.'

주디는 찌그덕거리는 오디오의 노래를 들으며 철저히 혼자라는 생각을 했다. 주디는 웅크리고 앉았다. 코끝이 시큰거렸다.

큰길 가, 찌그덕거리는 오디오가 있는 집 모퉁이는 다행히 한 사람이 앉을 만큼의 각이 져 제법 바람막이가 되어 주었다.

"죽어 버릴까?"

주디가 소리 내어 중얼거렸다. 이젠 쓸쓸해하는 것에 지쳤고 눈치를 보며 사는 게 지겨웠다. 친엄마가 버렸을 때 자신은 이미 죽은 거나 마찬가지라는 생각이 주디를 괴롭혔다.

빨갛고 파란 불빛을 빙글빙글 돌리며 순찰차가 지나갔다. 주디는 그림자처럼 벽에 딱 붙어 숨을 죽였다. 마지막으로 멕시코 모자를 눌러 쓴 거지가 중얼중얼 욕을 하며 지나갔다.

주디는 어떻게 죽을까를 생각하다가 손에다 얼굴을 묻었다. 뜨거운 눈물이 손가락 사이로 흘렀다.

'악아, 금창이 미어지는고나. 혈육의 인연이 어이 이다지도 짧더란 말이냐.'

인형의 편지 첫 구절이 가슴을 후볐다.

낯선 곳에서의 밤은 소리 없이 깊어 갔다.

몹시 추워서 눈을 뜨니 새벽이었다. 쪼로롱쪼로롱! 아침이 오고 있음을 가장 먼저 알려 준 것은 한 마리의 작은 새였다. 얼마 후, 하늘이 훤하게 밝아 왔다. 아침은 하늘 가에 짙은 홍색과 오렌지색과 우유를 조금 탄 듯한 파란색을 한 줄씩 띄고 있었다.

주디의 아침은 커튼을 열어야 시작된다. 늘어진 커튼을 쫙 밀고 문을 열면 창가에 서성이던 아침이 방안으로 밀려든다. 집 생각이 났다. 폭신한 침대가 있는 방이 더 간절했다.

'엄마가 날 기다렸을까?'

주디는 고개를 수그렸다. 자신이 없었다.

"히힛!"

새가 울었다.

주디는 다시 작은 새가 운다고 여겼다. 그런데 어딘가 소리가 달랐다. 고개를 들었다.

"엄마야!"

주디의 입에서 비명이 터져 나왔다. 웬 고등학생 정도의 남자 건달 둘이 주디를 내려다보고 있었다. 한 명은 백인이었고 또 한 명은 흑인이었다. 주디가 놀라 주저앉는 것을 보고 둘은 야릇한 표정으로 웃었다. 언뜻 보기에도 씻지 않은 지 꽤 된 얼굴이었다.

"아가씨이이!"

양쪽의 머리는 깎고 가운데 머리만 남겨서 투구처럼 세운 백인 건달이 주디를 그렇게 불렀다. 참으로 기분 나쁘게 들렸다. 종종머리를 땋아 늘인 흑인 건달이 흐물흐물 웃었다. 투구머리가 이 사이로 찍! 하고 침을 뱉었다.

사람이 나다니기엔 아직 이른 새벽이었다. 주디는 우유나 신문을 배달하는 사람이라도 나타나기를 간절히 바랐다.

백인 건달이 말했다.

"야, 너 가지고 있는 거 다 내놔."

주디의 얼굴이 새파래졌다. 두 건달은 토끼 앞에 선 늑대 같았다. 이런 일이 재미있어 죽겠다는 듯 빙글거렸다.

"너도 우리처럼 가출했지?"

"물론이지, 보면 모르겠냐?"

"그럼 그냥 나왔을 리가 없지. 내 경험담을 말해 줄까? 난 엄마의 보석함을 갖고 나왔어."

"히힛, 난 아빠의 금고를 통째로 들고 튀었지."

"좋은 말할 때 순순히 털어 놔. 어디 네 덕 좀 보자."

말을 주고받던 하얀 건달이 주디의 어깨를 덥석 잡아 일으켰다.

"우리가 제대로 된 식당에 가 본 지 얼마나 됐지?"

"까마득해."

"그럼 이제부터 얘 돈으로 옷을 사서 쫙 빼 입고, 구두 반짝거리는 거 신고 콱 죽여 주는 식당엘 가는 거야."

"달팽이 요리, 곰 발바닥 요리, 제비집 요리, 그딴 것들을 왕창 시키신다 이 말씀이야."

"어떠셔? 우리 계획이. 난 시끄러운 건 질색이야."

하얀 건달의 얼굴이 일그러졌다. 까만 건달이 우스워 죽겠다는 듯 킬킬거리며 발뒤꿈치를 땅에 대고 뱅그르르 돌았다. 조끼에 매달린 잡동사니들이 한꺼번에 요란을 떨었다. 숟가락이 덜렁거리고 포크가 껑청댔다. 스테인리스 컵에 접는 칼이 부딪치며 절그렁 절그렁 맞장구를 쳤다. 소름이 끼쳤다.

"빨리 내놔."

하얀 건달이 손을 내밀었다.

"미, 미안해요, 깜빡 잊고 지갑을 안 가지고 나왔어요."

"그래? 좋아, 그럼 내가 직접 확인하지."

"어머어머, 감히 숙녀 몸에 손을 대다니."

검은 건달이 여자 목소리를 흉내내며 몸을 비비 꼬았다.

하얀 건달이 주디의 턱을 치켜들었다.

"야, 이제 보니 이거 칭크잖아?"

"후훗, 정말 그러네."

둘은 약속이나 한 듯 무릎을 반쯤 굽혔다. 그러더니 한 쪽 팔을 들고 겨드랑이를 벅벅 긁었다. 그 모습이 원숭이보다도 더 원숭이다웠다. 드러난 팔에는 주사 바늘 자국들이 어지러웠다. 마약 주사 같았다. 주디의 입술이 파르르 떨렸다. 둘은 원숭이 노릇에만 열중이었다. 기회는 이때였다.

"도와 주세요! 도와 주세요!"

주디는 젖 먹던 힘을 다해 뛰며 소리쳤다.

까만 건달이 가볍게 달려와 주디를 가로막았다.

"요것 봐라. 보자보자 하니까 별 재주를 다 부리네."

하얀 손가락이 천천히 콧잔등을 지나 입술로 내려왔다. 주디가 손가락을 거칠게 뿌리쳤다. 하얀 건달은 다시 주디의 뺨을 쓸며 낮게 웃었다. 주디는 진저리를 치며 그 자리에 주저앉았다.

해가 떠오르고 있었다. 두 건달 얼굴에 아침 햇살이 비쳤다.

까만 건달이 주디의 머리카락을 배배 틀어올렸다. 하얀 건달이 속삭였다.

"야, 아지트로 데려가자."

"좋았어."

두 건달은 의미 있는 눈길을 주고받았다.

"아가씨이이, 우리 같이 좀 가실까요?"

투구머리 하얀 건달이 주디의 팔을 꺾었다. 주디 입에서 윽 소리가 터져 나왔다. 하얀 건달이 인상을 썼다.

"너 까불면 재미없을 줄 알아."

"고분고분하게 구는 게 몸에 좋을걸."

까만 건달이 목소리를 깔았다.

"제발 용서해 주세요."

주디는 애원했다.

"뭘 용서하란 거야? 너, 뭐 죄 지은 거 있어? 톰, 얘 죄 지었냐?"

"글쎄, 난 잘 모르겠는걸. 하여튼 지미, 용서해 달라니 까짓거 용서해 주자."

"에잇 까짓 거. 그럼, 인심이나 콱 써 볼까?"

두 건달들은 전혀 그럴 생각이 없는 얼굴로 쿡쿡 웃었다.

"제발, 살려 주세요."

"살려 달라니? 누가 널 죽인대?"

"돈을 달라면 드릴 게요. 우리 집에 전화만 하면 돼요."

"뭐야?"

갑자기 투구머리 지미가 주디의 뺨을 때렸다. 대단한 손 힘이었다. 주디가 붕 떠서 두어 걸음이나 나가떨어졌다.

"뭐 전화? 너 경찰한테 알리려고 그러지? 이 계집애가 누구 앞에서 얕은꾀를 쓰려고 그래."

"글쎄, 함부로 주둥아리 놀리면 안 된다니까. 고거 참 되게 말귀 못 알아듣네."

둘은 손바닥을 찰싹 맞부딪치더니 날쌔게 주디를 끌어안았다. 주디가 몸부림을 칠수록 팔은 더욱 욱죄어왔다. 톰의 두터운 입술이 주디의 입술에 닿으려는 찰나였다. 주디는 있는 힘을 다해 고개를 빼어서는 팔을 깨물었다.

"아얏!"

톰이 한 쪽 발로 껑충거리며 뱅뱅 돌았다. 팔뚝에 새겨진 잇자국엔 점점이 피가 배어났다.

처컥!

잭나이프가 펴졌다.

"악!"

주디는 눈을 감았다. 정신이 아득해지면서 이제는 죽는구나 싶었다. 그때 자동차 소리가 들려왔다.

'하느님, 제발 저 차가 내 앞에서 멈추도록 해 주세요.'

마음속으로 울부짖었다.

끼이익!

"저건 또 뭐야?"

"재수 없게 됐군."

툴툴대던 톰이 다시 주디의 팔을 꺾어 등뒤로 돌렸다. 주디는 눈을 질끈 감고 고개를 깊숙이 숙였다. 두 건달이 무슨 짓을 할지 몰라서였다.

"그 애 몸에 손대지 마!"

갑자기 우렁찬 소리가 명령했다. 겁에 질려 몸이 떨리고 정신이 없는 와중에도 주디는 누군가 왔다는 사실에 마음이 놓였다.

"아줌마, 앤 내 동생이야."

지미가 천연덕스럽게 거짓말을 늘어놓았다.

"애가 엄마 몰래 가출을 해서 지금 집으로 데려가려고 이러는 거야. 그러니 간섭하지 마셔."

"자꾸 귀찮게 굴면 확 그어 버리는 수가 있어."

톰이 잭나이프를 공중에다 대고 휘둘렀다.

"이것 봐, 갠 내 딸이야. 만약에 털끝 하나라도 건드리면 너희들 끝장인 줄 알아."

"엄마!"

딸이라는 말에 주디가 번쩍 눈을 떴다.

주디는 울음을 터뜨리면서 맹렬한 힘으로 톰을 밀쳤다. 톰이 중심을 잃고 잠시 비틀거렸다.

"오, 주디! 너 괜찮니?"

엄마가 달려와 주디를 끌어안았다.

"흥, 잘들 노시는군. 감정 좋고 대사 극적이고 손발이 척척 맞는걸."

"이거 너무 감동적이어서 눈물이 다 나네."

톰이 눈물을 찍어다 바르며 우는 시늉을 했다.

"톰! 이 아줌마 되게 재미있다. 갑자기 불쑥 나타나더니 내 동생을 자기 딸이라고 우긴다. 야, 넌 파란 눈에 금발 아줌마가 이런 칭크의 엄마라는 걸 믿을 수가 있겠니?"

"혹시 미친 여자 아냐?"

지미는 손가락을 머리에다 대고 빙글빙글 돌렸다.

"너희들 조용히 물러가. 안 그러면 경찰한테 넘길 거야. 차에서 내리기 전에 연락 해 놓았으니까 벌써 오고 있을걸?"

엄마는 단호했다. 두 건달은 멍청하니 모녀를 번갈아 보았다. 날은 훤히 밝았고 멀지 않은 곳에서 사람들이 오가는 소리가 들렸다.

"좋아, 순순히 물러가지. 그렇지만 이 계집애가 내 팔을 물어뜯어 피를 냈으니까 그것만은 갚아 주고 가겠어."

잭나이프를 든 톰의 손이 머리 위로 올라갔다.

"안 돼!"

엄마가 온몸으로 주디를 감싸안으며 쓰러졌다.

"피!"

엄마 등에서 피가 흘렀다. 종종머리를 펄럭이며 톰이 도망갔다. 그 뒤를 투구머리 지미가 이상한 소리를 지르며 바싹 따라갔다.

"엄마, 죽으면 안 돼요. 죽지 마세요."

주디는 니트 옷을 벗어 엄마의 등을 눌렀다. 주디의 손이 금세 빨개졌다. 어디선가 창문 열리는 소리가 났다.

"여보세요! 앰뷸런스 좀 불러 주세요, 얼른요."

주디가 울부짖었다.

"오, 하느님 맙소사!"

누군가 당황해하는 목소리로 외쳤다.

모든 겨울날에는 끝이 있다

날카로운 응급차 소리가 새벽의 공기를 가른 건 그리 오래지 않아서였다. 흰 가운을 입은 남자 간호사가 재빨리 엄마를 차 안으로 옮기고 주디가 그 뒤를 따랐다. 응급차는 맘모스 병원으로 내달렸다. 모든 일은 순식간에 이루어졌다.

"내 잘못이에요. 하느님, 엄마를 살려 주세요. 다시는 안 그럴 게요."

주디는 두 손을 모아 기도했다. 걸핏하면 엄마를 거스르고, 엄마의 사랑을 의심했던 벌을 지금 받고 있다는 생각이 들었다.

"너무 걱정 마. 내가 보기에 별로 큰 상처는 아닌 것 같으니까. 그런데 어쩌다가 이렇게 됐는지 물어봐도 돼?"

간호사가 주디를 안심시키며 물었다.

"다 나 때문이에요. 내가 집엘 안 들어갔거든요. 엄마가 날 찾으러 나왔다가 나 대신 깡패가 휘두르는 칼에 찔리셨어요."

"저런, 큰일 날 뻔했구나. 이만하기 다행이다."

차는 씽씽 달렸다.

"고양이를 사랑한다고 고양이 대신 죽을 사람은 아무도 없다. 고양이를 위해서 피를 흘렸다면 그 사람이야말로 진정으로 고양이를 사랑하는 사람이다. 이건 우리 교회 신부님의 강론 말씀이야. 넌 참 좋겠다. 어머니가 이토록 널 사랑하시니."

주디는 맥이 탁 풀렸다.

'엄마가 나를 대신하여 피를 흘리셨다. 그렇구나, 엄마는 날 사랑하신다.'

휘두르는 칼도 두려워하지 않는 게 바로 사랑의 힘이었다. 딸을 지키기 위해서 죽음조차도 두려워하지 않은 엄마가 그걸 일깨워 준 것이다.

주디는 바로 눈앞에서 보았다. 오직 엄마라는 이름을 가진 사람만이 할 수 있는 절대적 사랑의 표시를.

마리안 교장 선생님이 여학생을 위한 특강시간에 이렇게

말했다.

“여러분, 하느님은 너무 할 일이 많으셔서 당신의 자녀인 우리들을 일일이 보살필 수가 없으셔요. 그래서 그 대신 집집마다 어머니를 두셨지요. 하느님의 사랑을 대신하는 분, 그분이 바로 어머니예요. 여러분들은 장차 결혼을 해서 어머니가 될 거예요. 잘 들으세요. 결혼을 하고 자녀를 낳고 하는 것은 다 어머니가 될 자격이 있다고 생각될 때에만 하는 거예요. 어머니가 될 능력도 없으면서 덜컥 어머니부터 되는 건 죄악이에요.”

마리안 선생님이 ‘덜컥’ 이라고 하실 때의 몸짓은 너무나 애교스러웠다. 교장 선생님의 말씀은 귓등으로 흘리고서 아이들은 그저 허리를 잡고 깔깔거리기만 했다. 지금은 그 말씀이 충분히 이해되었다. 주디는 엄마의 손을 꼬옥 잡았다.

사이렌 소리가 멈추었다.

맘모스 병원 응급실의 문이 고래의 입처럼 열렸다.

엄마가 수술을 받는 도중에 아빠랑 오빠가 달려왔다. 모든 일이 빠르고 순조롭게 진행되었다.

다행히 엄마는 무사했다.담당 의사는 운이 좋았다며, 하마터면 척추를 다칠 뻔했다고 말했다.

주디는 수업 시간 내내 바람처럼 나타났던 엄마를 생각했다. 어떻게 바로 그 시간에 그곳에 올 수 있었는지 궁금했다.

주디가 아만다에게 말했다.

"마치 내가 울부짖는 걸 듣고 곧장 달려오신 것 같았어."

"이건 기적이야."

아만다가 들떠서 말했다. 주디의 생각도 같았다.

며칠 후, 아빠랑 오빠가 먼저 가고 주디만 병실에 남았을 때 엄마는 그 의문을 풀어 주었다.

"주디, 네가 뛰쳐나가고 현관문 밖에서 고양이를 애타게 부르는 소리를 들었을 때에야 엄마는 내가 한 일이 옳지 못했음을 깨달았단다."

엄마 얼굴엔 미안해하는 표정이 역력했다.

"데이빗이랑 아만다가 곧바로 널 찾아나갔었지. 그런데 한참만에 그냥 돌아오더구나. 난 우선 네가 돌아오기를 기다려보기로 했다. 밤이 이슥해도 아무런 기척도 없더구나. 그제야 경찰에 연락하고 네 친구들 집에 전화를 걸고 법석을 떨었단다. 뜬눈으로 밤을 새우고 새벽녘에 집을 나섰어. 그리곤 무작정 걸었지. 그때 퍼뜩 김 사장네가 떠오르더구나. 왜 진작에 그 생각을 못했나 후회가 되었어. 그래서 그쪽으로 가게 된 거야."

엄마가 주디의 손을 잡았다.

"누군가 널 위해 항상 기도하고 있는 것 같구나. 아니면 누군가 널 위해 착한 일을 많이 하고 있던가. 그렇지 않았다면 엄마가 그 새벽에 어떻게 네가 있는 곳으로 달려갔겠니? 넌 또 어떻게 그 무서운 애들한테서 무사할 수가 있었겠니?"

주디는 그 누군가가 바로 자신을 낳은 엄마, 인형 속에다 편지글을 써 넣었다고 믿고 싶은 할머니, 그리고 자기 대신 병실에 누워 있는 양엄마라는 생각이 들었다. 눈시울이 뜨거워졌다. 주디는 지쳐 있는 엄마에게 눈물을 보이지 않으려 병실 밖으로 나갔다.

잠시 후에 돌아와 보니 엄마는 문병 온 단짝 친구 엘리사 교수와 얘기 중이었다. 주디는 조용히 구석으로 가 앉았다. 엄마가 엘리사 교수를 향해 손을 내저었다.

"입양아여서가 아니라니까. 우리도 저맘때는 부모들 애를 먹였잖아. 어렸을 때 일이라 까맣게 잊은 모양이지? 엘리사, 너도 알겠지만 사람되기가 어디 그리 쉬운 일이니? 헛디뎌 고꾸라지고, 깨지고, 아파하고, 다 그러면서 사람이 되어 가는 거잖아. 내 딸 주디는 지금 어른이 되느라고 그런 거야."

"캐럴라인, 미안해. 내가 그만 깜빡 했어. 네 말이 맞아. 어린것이 하루아침에 부모 품을 떠나 낯선 땅으로 와서 생판 모르던 사람들 틈에 끼어 사는 거, 그거 아이한테는 날벼락일 거야. 게다가 말 모르지, 음식 입에 안 맞지, 그게 어디 보통 일이니?"

엘리사 교수가 고개를 절레절레 흔들었다.

"그래도 그건 시간이 지나면 극복할 수 있어. 하지만 부모가 저를 버렸다는 생각은 시간이 아무리 지나도 잊을 수가 없을 거야. 난 그 애 마음에 있는 흉터를 어루만져 주어야 해. 이건 하느님이 내게 맡겨 주신 의무야."

"캐럴라인. 난 말야, 제 아이를 남의 나라로 입양시키는 부모를 보면 뻐꾸기의 탁란이 연상돼. 제 알을 남의 둥지에 낳아 다른 어미새가 키우게 하는. 뻐꾸기는 알만 낳아 놓고 키우는 수고는 하나도 안 하잖아? 하기야 그래서 그렇게 구슬프게 우는지도 모르지."

엄마는 대꾸 없이 미소만 지었다.

강물이 잔잔히 밀려와 갯가의 모래를 적시듯 두 사람의 대화는 주디의 가슴을 촉촉이 적셨다. 엘리사 교수가 시원하게 웃었다.

"하기야 난 모성애가 뭔지 말할 자격이 없어. 결혼을 안 한 노처녀니까. '결혼을 해서 자식을 낳아 보지 않은 여자는 사랑에 대해 말할 자격이 없느니라.' 이건 우리 어머니 말씀이셔.

그러니 날 이해해요."

엄마도 엘리사 교수를 따라 유쾌하게 웃었다.

주디는 겹겹이 껴입었던 우울의 옷을 훌훌 벗어 던진 기분이었다.

엄마는 일주일 만에 퇴원했다. 주디가 생일선물로 준 마흔다섯 송이의 노란 튤립꽃을 안고서. 주디는 엄마의 퇴원을 축하하기 위해 플루트를 연주했다. 엄마의 애창곡인 '지붕 위에서' 였다. 엄마는 행복해 보였다. 주디도 기뻤다.

크리스마스가 다가왔다. 상점마다 약속이나 한 것처럼 캐럴이 울려 퍼졌다. 빨간 옷을 입은 산타 마네킹은 너털웃음을 터뜨리며 흰 수염을 날렸다. 즐비하게 서 있는 전나무엔 색색의 전구가 깜빡였다. 올망졸망 매달린 방울들은 작은 바람에도 소스라치며 축하의 종을 울렸다.

주디는 엄마랑 크리스마스 트리를 만들었다. 솔가지와 포인세티아로 둥글게 엮어 가운데다 예쁘장한 초를 꽂았다. 그걸 현관문 안쪽에 달고 있는데 초인종이 울렸다.

"누구세요?"

현관문을 열자 뜻밖에도 로빈이 서 있었다.

"주디, 오래간만이야."

로빈은 어색하게 손을 내밀었다. 주디는 담담한 눈으로 로빈을 바라보았다.

"이건 성 피에타의 일을 사과하는 뜻으로 받아 줘. 에이브 일도 고마웠고. 그 일로 널 다시 봤어."

로빈이 리본으로 맨 선물을 내밀었다.

"잘 있어. 즐거운 크리스마스가 되기를."

"……."

"우리 집은 아빠 직장 때문에 내일 뉴욕으로 떠나. 널 기억할게. 안녕!"

무슨 말을 꺼낼 새도 없었다. 로빈은 어린 왕자처럼 털목도리를 날리며 뛰어가 버렸다. 주디는 멀어져 가는 로빈을 지켜보았다. 오래지 않아 로빈은 낮게 드리워진 무거운 회색 하늘 속으로 사라져 갔다.

주디는 방으로 올라가 상자의 리본을 풀었다. 그물로 된 크리스마스 양말이 나왔다. 양말 속에는 색색의 사탕이 가득 들어 있었다. 빨간 줄이 그어진 지팡이 사탕을 꺼내어 입에 넣었다. 쌉싸름하면서도 달콤한 맛이 입안을 감돌았다.

상자의 밑바닥에서 줄무늬 주홍 넥타이가 나왔다.

'그래, 이건 그날 로빈이 매고 나온 넥타이야. 이 넥타일 펄럭이며 내 앞에서 멀어져 갔지.'

한 사람에게 얽매어서 며칠씩 밤잠을 못 잔 적이 있었다.

얼마나 가슴 두근거리던 시간들이었는지!

또 얼마나 가슴 아팠던 시간들이었는지!

주디 입술에 보일 듯 말 듯한 미소가 어렸다.

로빈의 동네, 딜의 바닷가가 출렁였다. 성 피에타 피잣집의 뚱보 주인과 인디언 할머니는 지금 무엇을 하고 있을까?

한때 울며불며했던 일도 지나고 나면 아무것도 아닌 게 되나 보다. 그리고 지나간 일들은 고통조차 아름다운 추억이 되나 보다. 그리움이라는 아련한 이름으로.

주디는 창밖 너머 로빈이 사라져간 곳을 내다보며 가만히 중얼거렸다.

"안녕! 잘 가, 로빈."

이제 열한 살의 날들은 저편으로 사라져 갈 것이다. 로빈과의 짧은 추억과 함께.

"나의 지나온 날들도 안녕!"

주디는 왠지 자신의 십대가 완전히 끝난 것 같은 생각이 들었다.

"주디야아."

엄마가 주디를 길게 불렀다. 정다웠다.

"내려가요, 엄마."

주디는 선물 상자를 닫으며 드높이 대답했다.

성탄 전날 밤이 다가왔다. 그리고 지나갔다.

이튿날은 금방이라도 함박눈이 내릴 듯 하늘이 잔뜩 무거웠다. 엄마가 손수 굽고 만든 칠면조와 케이크로 아침 식사를 끝내고 식구들은 벽난로 앞에 모여 앉았다. 크리스마스 트리에 기대어 놓았던 선물 꾸러미를 뜯는 시간이었다. 포장을 뜯을 때마다 즐거운 환호성이 터져 나왔다.

"주디야, 저건 아무래도 네 거 같구나."

팔짱을 낀 아빠가 벽난로 위 줄에 매단 성탄 양말을 턱으로 가리켰다. 엄마와 아빠 사이에 의미 있는 눈짓이 오고갔다. 무얼까? 기대가 되었다. 양말 속에 것을 꺼내어 보던 주디가 기쁨의 소리를 질렀다.

"와, 서울행 비행기표야! 넉 장이나 들어 있어, 넉 장이나!"

"서울 미국 문화원에 있는 필립이 우릴 초청했단다."

"이번 방학에 우리 식구 다 같이 서울로 간다. 아빠도 휴가를 받았다. 어때, 멋있는 계획이지?"

"이거 정말 큰일났는걸, 아빠가 점점 멋있어진단 말야."

산타 모자를 쓴 오빠가 아빠의 가슴을 향해 살짝 주먹을 날렸다. 아빠가 비명을 지르며 오빠한테로 쓰러지는 시늉을 했다.

"주디야, 가서 네가 태어난 나라를 보도록 하자. 혹시 누가 아니, 널 낳아 주신 부모를 만나게 될지? 입양서류를 가지고 서울에 있는 입양 기관을 찾아가면 어느 정도는 추적이 가능하다더라. 신문이나 방송국에 광고를 낼 수도 있고. 필립 아저씨가 미리 알아보신 모양이야."

엄마는 주디보다 더 들뜬 것 같았다.

'악아, 인연이 닿으면 언젠가 다시 만날 날이 있으리라.'

인형의 편지 글이 떠올랐다.

다시 만날 날!

주디의 눈에서 주르륵 눈물이 흘러내렸다.

"주디, 네 눈물샘은 도무지 믿을 게 못 돼. 기쁠 땐지 슬플 땐지 영 구별이 안 되니 말야. 이 욕심쟁이 아가씨야, 남들은 하나밖에 없는 나라, 하나밖에 없는 부모를 곱빼기로 가졌으면서 울긴 왜 우냐?"

데이빗 오빠가 기다란 꽁지머리를 깝죽이며 이죽거렸다. 그래도 좋았다. 주디는 비행기표를 몇 번이고 들여다보다가 와락 엄마 품에 안겼다. 아빠가 다가가 한꺼번에 두 사람을 번쩍 안아 올렸다. 데이빗 오빠가 휘리릭 손가락 휘파람을 불었다. 벽난로의 불이 활활 타올랐다.

'모든 겨울날에는 끝이 있다.'

아빠는 아무 때나 이 말을 쓴다. 골치 아픈 일이 있거나 회사에서 귀찮은 일을 떠맡았을 때, 몹시 추운 날 아침 잠자리에서 억지로 일어나야 할 때에도.

아마도 겨울의 끝 저쪽에는 벌써 봄이 뚜벅뚜벅 오고 있을 것이다. 봄은 꽁꽁 얼어붙은 얼음장을 녹이고 잠든 나무를 깨워 잎을 틔우게 할 것이다.

'겨울을 이겨내고 맨 먼저 피는 들꽃이 되어야지.'

'바람이 불어 쓰러졌다가도 가장 먼저 일어나는 들꽃이 되어야지.'

그 위를 나비 떼가 날 것이다. 나비들은 을씨년스럽던 겨울의 기억을 나풀나풀 잊게 하고 그 자리를 연둣빛 봄의 희망으로 채워 줄 것이다.

"아빠네 시골 고향 산밑에 있는 땅 있잖아요?"

"갑자기 땅은 왜?"

"그거 꼭 저한테 주세요, 네?"

주디는 사탕을 사달라는 어린 아이처럼 떼를 썼다.

"이유를 알아야 주든가 말든가 하지. 어디 왜 그러는지 한번 들어나 보자."

"언젠가는 거기에다 내 손으로 통나무집을 짓고 싶어요. 그래서 부모를 잃고 상처받고 살았던 아이들을 행복하게 해 주고 싶어요."

아빠가 파이프 담뱃대에다 불을 붙이면서 말했다.

"그거 괜찮은 생각인데? 좋아, 그 대신 조건이 있어. 아빠가 이담에 은퇴하고 늙게 되면 그 통나무집에 가서 아이들의 할아버지 노릇을 하도록 해 줘야 한다."

"주디야, 엄마도야."

"나도다."

엄마와 데이빗 오빠가 끼어들었다.

"물론이지요. 그 대신 저도 조건이 있어요. 우리 집 식구들이 저한테 해 주었던 것처럼 그 아이들을 사랑해 주셔야 돼요."

"그건 좀 어렵겠는데?"

데이빗 오빠가 팔짱을 끼며 곤란하다는 표정을 지었다.

"왜? 왜 어려워, 오빠?"

주디가 걱정스런 얼굴로 물었다.

"너랑 똑같이 속 좁은 애들이면 큰일이잖아? 어유, 그걸 또 겪으라고?"

"뭐야?"

주디가 권투 선수처럼 주먹을 불끈 쥐고 달려들었다. 데이빗 오빠가 두 손을 들고 도망갔다. 항복의 표시였다. 아빠랑 엄마가 유쾌하게 웃었다.

컹컹 짖는 이웃집 요요의 소리가 제법 우렁차게 들렸다. 이제 막 흩날리기 시작한 눈송이를 보고 그러나 보다.

"야, 풍각쟁이! 어서 플루트나 불어. 그래야 엄마랑 아빠가 기분을 내시지."

데이빗이 플루트를 내밀었다. 주디는 '하얀 크리스마스'를 불기 시작했다. 아빠가 엄마를 안고 느릿느릿 춤을 추기 시작했다. 데이빗 오빠도 여자 친구랑 함께 춤을 추는 모양을 하고서 혼자 빙빙 거실을 돌았다. 주디가 플루트를 불다 말고 물었다.

"오빠, 지금 아만다 오라고 할까?"

"좋지."

데이빗이 말이 떨어지자마자 씩 웃었다.

"오빠도 알아?"

아만다가 오빠를 좋아한단 말을 미처 하기도 전이었다.

"아니!"

데이빗이 눈을 동그랗게 뜨고 도리질을 했다. 그런 표정은 거짓말을 하고 있을 때의 오빠 표정이었다.

"오빠 뭐해? 어서 전화 걸지 않고?"

주디는 박자가 빠르고 경쾌한 캐럴로 곡을 바꾸었다. 아만다의 일이 자신의 일인 양 신이 났다. 데이빗 오빠가 빠른 곡조에 맞춰 춤을 추며 전화기 옆으로 다가갔다.

벽난로에서는 장작이 타다닥 소리를 내며 타고 있었다. 작은 불꽃알갱이들이 튀어 올라 공중으로 흩어졌다.

"하느님, 감사합니다."

주디는 크리스마스 트리 꼭대기에 달아 놓은 별에다 대고 속으로 가만히 말했다.

창밖에는 어느덧 하얀 눈이 펑펑 내리고 있었다.

하늘의 축복처럼.

입양아들의 빛나는 삶을 위해

저는 외국으로 가는 입양아들에 대해 참으로 무관심했었습니다. 가끔 그런 뉴스를 접할 때마다 안됐다는 생각이 들기는 했지만 곧 잊어버리곤 했습니다. 그러다가 우리말과 글을 배우고 우리 문화를 알기 위해 찾아온 재미동포를 가르치면서 생각이 조금씩 바뀌어가기 시작했습니다.

그는 키도 크고 얼굴도 잘 생긴데다 미국의 이름난 대학을 졸업한 젊은이였습니다. 그런데 어느 날, 그 청년이 웃는 모습을 본 저는 깜짝 놀랐습니다. 빨래를 짜듯 얼굴을 구기고 어깨를 심하게 들썩이며 웃는 것이었습니다. 저는 웃음을 아주 기분 좋은 것으로만 여기고 있었습니다. 그래서 고통스럽기까지 해 보이는 그 청년의 웃는 모습에 큰 충격을 받았던 것입니다. 그리고 그렇게 웃으며 살 수밖에 없었던 그의 삶이 아픔으로 전해져 왔습니다.

그 날 이후, 그의 웃는 모습과 웃음소리는 줄곧 저를 따라다녔습니다. 저는 아무것도 묻지 않고 그저 지켜보기만 했습니다.

어느 날 그는 어렸을 때 미국으로 입양을 갔고 그 집에서 쫓겨나는 바람에 이 집 저 집 드나들며 힘들게 사춘기를 보냈다는 이야기를 하며 또다시 괴상하게 웃었습니다. 저는 그가 외로움과 고달픔, 절절한 그리움을 가지고 있는 청년임을 알게 되었습니다.

『까망머리 주디』는 이렇게 한 청년의 슬픈 웃음에서 비롯되었습니다.

국내외에서 입양아에 대한 자료를 모으고 근처 입양기관을 찾아다니는 동안 저는 우리가 무관심과 무신경, 몰염치로 해외로 내보냈던 입양아들의 명암을 진지하게 돌아보았습니다. 그러나 차마 우리들의 '주디'가 파양이 되어 사춘기를 낯설고 차가운 거리에서 굴러다니게 할 수는 없었습니다. 피붙이에 대한 그리움과 한 곳에 뿌리내리는 일의 고달픔을 뛰어넘어, 마침내는 고통을 용감하게 참아

낸 이들만이 누릴 수 있는 빛나는 삶을 살게 해 주고 싶었습니다. 그래서 염치없게도, 훌륭한 양부모를 만나 희망을 안고 씩씩하게 살아가는 이야기로 바꾸어 썼습니다.

그리고, 이 땅에서 태어난 그 어떤 아이도 남의 나라 부모를 만나 슬픈 웃음을 지으며 살게 하지는 말자고, 아예 낯설고 차가운 거리를 헤매는 '주디'들이 한 명도 없게 하자고, 어린 독자와 그 부모된 어른 독자들에게 호소하고 싶었습니다.

『까망머리 주디』는 5년 전에 출간되었던 것이었습니다만, 이번에 새로 다듬어 푸른책들에서 다시 펴내게 되었습니다. 수고해 준 편집부 식구들에게 마음을 다하여 감사드립니다.

손 연 자

푸른책들이 펴낸 〈손연자 작가〉의 책, 더 읽어 보세요!

마사코의 질문 (푸른도서관 10)
종이 목걸이 (미래의 고전 13)
내 이름은 열두 개 (이야기 보물창고 15)

손 연 자

1944년 서울에서 태어나 이화여자대학교와 대학원에서 국문학을 공부했다. 1984년 〈소년〉에 동화 「흙으로 빚은 고향」이 추천되고, 1985년 동아일보 신춘문예에 동화 「바람이 울린 풍경 소리는」이 당선되어 작품 활동을 시작했다. 초등 학교 〈국어〉 교과서에 「꽃잎으로 쓴 글자」, 「방구 아저씨」, 「종이 목걸이」 등 여러 작품이 실렸으며, 한국아동문학상·한국어린이도서상·세종아동문학상·가톨릭문학상 등을 수상했다. 지은 책으로는 『마사코의 질문』, 『까망머리 주디』, 『종이 목걸이』, 『내 이름은 열두 개』, 『파란 대문 집』, 『푸른 손수건』 등이 있다.

원 유 미

1968년 서울에서 태어나 서울대학교에서 산업디자인을 공부했다. 그린 책으로 『나와 조금 다를 뿐이야』, 『쓸 만한 아이』, 『사람이 아름답다』, 『아주 작은 학교』, 『이젠 비밀이 아니야』, 『다리가 되렴』, 『동생 잃어버린 날』, 『아주 특별한 날』, 『사랑받는 날에는 진짜가 되는 거야』, 『내 이름은 열두 개』 등이 있다.

푸른도서관

푸른도서관은 '10대에서 20대까지' 눈부신 성장을 거듭하는
'푸른 세대'를 위한 본격 문학 시리즈입니다.
이금이 작가의 대표작인 『유진과 유진』을 비롯하여
푸른문학상 수상작 『쥐를 잡자』, 『외톨이』 등
당대 청소년들의 현실을 생생하게 반영한 성장소설과
『화랑 바도루』, 『에네껜 아이들』 등 다양한 시대상을 반영한
역사소설 그리고 판타지와 청소년시집에 이르기까지
국내 작가들이 공들여 창작한 흥미롭고 감동적인 작품들을
푸른도서관에서 더 만나 보세요!

10. 마사코의 질문 손연자 지음

일본인 소녀의 입으로 일본인의 죄를 묻는 이야기. 일제 강점기에 우리 민족이 겪은 온갖 수난을 생생하고 절실하게 그려 낸 9편의 작품이 실려 있다.

★세종아동문학상 수상작 ★SBS 어린이미디어대상 수상작 ★한우리독서토론논술 필독도서

11. 아, 호동 왕자 강숙인 지음

비극적 사랑의 대명사 호동 왕자와 낙랑 공주, 그들이 정말 사랑하는 사이였는가에 대한 의문으로 시작된 역사소설. 우리가 알고 있던 이야기를 뒤집어 전혀 새로운 시각을 제시한다.

★한우리독서토론논술 필독도서 ★서울독서교육연구회 추천도서 ★책읽는교육사회실천협의회 추천도서

12. 길 위의 책 강 미 지음

'책'을 통해 자연스럽게 자신의 고민과 방황을 해결하고 상처를 치유해 나가는 여고생들의 이야기를 잔잔하게 그렸다. 청소년들을 위한 성장소설들이 '책 속의 책'으로 가득 담겨 있다.

★제3회 푸른문학상 수상작 ★책따세 추천도서 ★문화체육관광부 우수교양도서

13. 느티는 아프다 이용포 지음

'지금 여기'의 '가장 낮은 곳'을 이야기하는 성장소설. 독자들에게 이웃을 바라보는 시선을 바꾸고 존재의 소중함을 돌아볼 수 있는 시간을 마련해 준다.

★한국문화예술위원회 우수문학도서 ★평화박물관 선정 청소년 평화책

14. 발끝으로 서다 임정진 지음

베스트셀러 『행복은 성적순이 아니잖아요』의 임정진 작가가 펴낸 청소년소설. 낯선 땅으로 홀로 유학을 떠난 주인공을 통해 조기 유학생활의 어려움과 외로움을 절절하게 그렸다.

★책따세 추천도서

15. 마지막 왕자 강숙인 지음

역사의 그늘에 가려져 있던 인물이자 신라의 마지막 왕인 경순왕의 아들 마의태자를 주인공으로 한 역사소설로, 그의 새로운 영웅적 면모를 보여 준다.

★〈중앙일보〉 좋은책 100선 선정도서 ★어린이도서연구회 청소년 권장도서

16. 초원의 별 강숙인 지음

마의태자를 주인공으로 한 『마지막 왕자』의 후속작. 사라져 버린 나라를 그리워하던 주인공 새부가 광활한 만주 대륙에서 아버지의 꿈을 이루는 과정을 흥미진진하게 그리고 있다.

★동화읽는가족 추천도서

17. 주머니 속의 고래 이금이 지음

가슴속에 품고 있는 꿈을 찾기 위해 노력하는 열다섯 살 아이들에 대한 이야기이다. 저마다 꿈을 좇는 과정에서 실패와 좌절을 겪지만 다시 씩씩하게 일어나는 모습을 보여 준다.

★중학교 〈국어〉 교과서 수록 ★아침독서 청소년 추천도서 ★대한출판문화협회 올해의 청소년도서

18. 쥐를 잡자 임태희 지음

원치 않는 임신을 한 여고생의 이야기로 성에 대해 여전히 취약한 우리 청소년의 현실을 돌아보고 위험성을 인식하게 만든다. 동시에 대책 마련이 시급하다는 사실을 새삼 일깨운다.

★제4회 푸른문학상 수상작 ★아침독서 청소년 추천도서 ★어린이도서연구회 청소년 권장도서

19. 바람의 아이 한석청 지음
우리나라 아동청소년문학 최초로 발해를 소재로 한 장편역사소설. 고구려 멸망 뒤 옛 고구려 지역에 살던 이들의 비참한 삶과 나라를 되찾고자 하는 투쟁을 생생하게 그려 냈다.
★한우리독서토론논술 필독도서 ★책읽는교육사회실천협의회 추천도서

20. 베스트 프렌드 이경혜 외 지음
사춘기를 지나 성숙한 남녀로 성장하는 과정에 놓인 청소년들의 심리 변화를 섬세하게 그린 표제작을 비롯해 현실적인 청소년들의 한계와 모순을 그린 5편의 단편소설을 엮었다.
★어린이도서연구회 청소년 권장도서

21. 리남행 비행기 김현화 지음
봉수네 가족이 북한을 탈출해 리남행 비행기에 오르기까지의 여정이 긴장감 있게 그려져 있다. 온갖 역경 속에서도 인간애와 가족애를 잃지 않는 모습이 진한 감동을 선사한다.
★제5회 푸른문학상 수상작 ★책따세 추천도서 ★한국문화예술위원회 우수문학도서

22. 겨울, 블로그 강 미 지음
자신만의 길을 찾아가는 청소년들이 종횡무진 활동하는 네 편의 작품을 담았다. 청소년들의 일상을 정확하고 섬세하게 묘사하여 그들이 나아갈 수 있는 길을 오롯이 보여 준다.
★문화체육관광부 우수교양도서 ★아침독서 청소년 추천도서 ★한국출판인회의 선정 이달의 책

23. 네가 하늘이다 이윤희 지음
1894년 동학 농민 운동을 배경으로 새로운 세상을 꿈꾸었지만 결국 이름조차 남기지 못하고 스러져 간 농민군의 이야기를 감동적으로 그려 낸 대하역사소설.
★아침독서 청소년 추천도서 ★한국어린이문화대상 수상작

24. 벼랑 이금이 지음
원조 교제, 첫 키스, 협박, 폭력……. 거친 현실의 이면에 감춰진 청소년들의 내면을 섬세하게 다루고 있는 이금이 작가의 연작청소년소설.
★한국문화예술위원회 우수문학도서 ★아침독서 청소년 추천도서 ★네이버 북리펀드 선정도서

25. 뚜깐뎐 이용포 지음
서기 2044년, 한국에서 영어 공용화 법안이 통과된 뒤 영어가 일상어로 자리를 잡은 때와 한글이 박해를 받던 연산군 시절을 오가며 현대인들에게 진지한 성찰의 기회를 제공한다.
★아침독서 청소년 추천도서 ★대한출판문화협회 올해의 청소년도서 ★〈중앙일보〉 선정 이달의 책

26. 천년별곡 박윤규 지음
천 년의 시간을 애증과 그리움으로 버틴 주목나무의 이야기를 절제된 감성으로 그린 작품. 시 형식을 차용한 소설인 '시소설'이란 신선한 장르에 애절한 정서를 잘 녹여 냈다.
★한우리가 선정한 좋은 책

27. 지귀, 선덕 여왕을 꿈꾸다 강숙인 지음
지귀 설화 속에 숨어 있는 선덕 여왕 이야기를 담은 역사소설. 지귀와 선덕 여왕, 김춘추와 김유신 등 시대의 격랑에 휘말린 이들의 삶과 사랑이 독자들의 가슴속에 파고든다.
★책따세 추천도서 ★네이버 북리펀드 선정도서 ★아침독서 청소년 추천도서

28. 청아 청아 예쁜 청아 강숙인 지음

〈심청전〉을 현대적으로 재해석한 소설. 새로운 시각의 심청과 서해 용왕 그리고 그의 아들을 등장시켜 '보이지 않는 사랑 이야기'를 통해 참다운 사랑의 의미를 되새기게 한다.

★한국출판인회의 선정 이달의 책 ★중앙독서교육 선정도서

29. 살리에르, 웃다 문부일 외 지음

'엄친아'와의 비교에 시달리며 자신을 '살리에르'라 믿는 청소년들에게 건네는 '꿈'에 관한 다섯 가지 이야기. 꿈을 향한 청소년들의 힘차고도 아름다운 몸부림이 담겼다.

★제6회 푸른문학상 수상작 ★아침독서 청소년 추천도서 ★경기도학교도서관사서협의회 추천도서

30. 사라지지 않는 노래 배봉기 지음

세계적 미스터리의 하나인 이스터 섬 모아이 석상의 비밀을 소재로 인간의 파괴적 욕망과 그것을 극복했을 때 찾을 수 있는 평화를 보여 준다.

★문화체육관광부 우수교양도서 ★네이버 북리펀드 선정도서 ★국립어린이청소년도서관 추천도서

31. 김홍도, 조선을 그리다 박지숙 지음

김홍도의 그림을 통해 그의 삶을 다룬 연작으로, 작가 특유의 상상력과 깊이 있는 통찰력으로 '인간 김홍도'의 삶을 생생하게 되살려낸 본격 역사소설이다.

★문화체육관광부 우수교양도서 ★〈소년조선일보〉 추천도서 ★아침독서 청소년 추천도서

32. 새가 날아든다 강정규 지음

한국 전쟁을 직접 경험한 세대가 전쟁과 분단과 이산이라는 문제를 다른 시각에서 조명한 작품. 역사의 굴곡을 넘어 당대의 사람들이 더불어 살아가는 이야기를 일곱 편의 소설에 담았다.

★아침독서 청소년 추천도서

33. 에네껜 아이들 문영숙 지음

구한말 멕시코의 낯선 농장으로 이주한 조선 사람들이 노예처럼 일하며 온갖 고난과 수모를 당하지만 불굴의 의지로 희망의 새로운 터전을 마련한 내용을 담은 역사소설.

★책따세 추천도서 ★대한출판문화협회 올해의 청소년도서 ★아침독서 청소년 추천도서

34. 밤나무정의 기판이 강정님 지음

1950년대를 배경으로 소년 기판이의 각별하고도 애틋한 성장과 모험과 죽음을 다룬 이야기. 작가 특유의 입담과 사투리에 실린 당시의 일상과 풍속이 눈앞에 생생하게 되살아난다.

★한국문화예술위원회 우수문학도서 ★아침독서 청소년 추천도서

35. 스쿠터 걸 이 은 지음

질풍노도의 시기인 청소년기의 한복판에 서 있는 열다섯 살 중학생들을 본격적으로 등장시킴으로써 중학생들의 삶을 밀도 있게 그려 낸 청소년소설집.

★한국간행물윤리위원회 우수청소년저작 당선작 ★학교도서관저널 추천도서

36. 우리 반 인터넷 소설가 이금이 지음

거짓이 휘두르는 보이지 않는 폭력에 '진실'이 어떻게 왜곡되고 유배되는지를 청소년들의 생생한 세태 묘사와 치밀한 구성을 바탕으로 보여 준다.

★네이버 북리펀드 선정도서 ★학교도서관저널 추천도서 ★국립어린이청소년도서관 추천도서

37. 열네 살, 비밀과 거짓말 김진영 지음
습관적인 도둑질에 빠져들면서 비밀과 거짓말이 늘어나게 된 평범한 열네 살 소녀 하리가 다시 삶의 진실을 찾아가는 성장소설.
★한국간행물윤리위원회 청소년 권장도서 ★문화체육관광부 우수교양도서

38. 허황옥, 가야를 품다 김 정 지음
먼 바다를 건너 가야로 온 인도 아유타국 공주 허황옥의 삶을 조명하면서, 철을 바탕으로 국제 무역의 중심지로 자리했던 가야의 역사를 생생히 전하는 역사소설이다.
★학교도서관저널 추천도서 ★대한출판문화협회 올해의 청소년도서

39. 외톨이 김인해 외 지음
요즘 청소년들의 왜곡된 삶과 고민을 가감 없이 보여 주며, 그들의 정서적 긴장감과 내면적 따뜻함을 동시에 그리고 있는 세 편의 단편소설이 실려 있다.
★제8회 푸른문학상 수상작 ★국립어린이청소년도서관 사서 추천도서 ★아침독서 청소년 추천도서

40. 그래도 괜찮아 안오일 지음
현실의 부정과 좌절에 길항하는 청소년들의 고민을 진정성 있게 담아낸 청소년시집. 청소년들이 지닌 '생기'를 유감없이 보여 주며 긍정과 희망의 메시지를 전한다.
★한국간행물윤리위원회 우수청소년저작 당선작 ★한국문화예술위원회 우수문학도서

41. 소희의 방 이금이 지음
이금이 작가의 대표작 『너도 하늘말나리야』의 후속작. 달밭마을을 떠나 재혼한 친엄마와 재회해 새 가족의 일원이 된 열다섯 소희의 욕망과 아픔을 다룬 성장소설이다.
★한국문화예술위원회 우수문학도서 ★한겨레·예스24 선정 청소년책 30선

42. 조생의 사랑 김현화 지음
조선시대를 배경으로 청년 '조생'이 청나라에 파견되는 연행사로 길을 떠나 사랑과 우정, 정의, 신념 등 삶의 진리를 깨달아가는 과정을 그린 청소년 역사소설.
★서울시교육청 남산도서관 사서 추천도서 ★〈아침햇살〉 선정 좋은 청소년책

43. 아버지, 나의 아버지 최유정 지음
위탁가정에 맡겨진 열여섯 살 연수가 자신의 친아버지를 찾아 떠나는 여정을 통해 진정한 자아 정체성을 확립해 가는 과정을 밀도 있게 그렸다.
★한국문화예술위원회 우수문학도서 ★〈아침햇살〉 선정 좋은 청소년책

44. 타임 가디언 백은영 지음
타임 슬립이라는 장치를 통해 개인과 사회에서 일어나는 현실의 문제들을 조명하는 본격 청소년 SF소설. 시공간을 뛰어넘는 구성과 예측할 수 없는 독특한 상상력을 맛볼 수 있다.
★〈아침햇살〉 선정 좋은 청소년책

45. 분청, 꿈을 빚다 신현수 지음
고려 최고의 사기장의 아들인 강뫼가 왜구 침입과 왕조의 변혁 등 극한 시대 상황 속에서 분청사기를 만들기까지의 과정을 흡인력 있게 그린 역사소설.
★대한출판문화협회 올해의 청소년도서 ★아침독서 청소년 추천도서

46. 방울새는 울지 않는다 박윤규 지음

5·18이라는 역사적 사건을 배경으로 그려지는 명창 소녀 '방울'과 고수 '민혁'의 안타까운 사랑 이야기. 슬픈 현대사를 정면으로 바라보고 올바르게 판단할 수 있는 용기를 준다.

★학교도서관저널 추천도서 ★한국문화예술위원회 우수문학도서

47. 악어에게 물린 날 이장근 지음

현직 중학교 교사인 시인이 청소년과 함께 호흡하면서 체험한 담백하고 직설적인 언어가 공감을 불러온다. 청소년들 질풍노도가 마음껏 활개 칠 수 있도록 기운을 북돋는 청소년시집.

★책따세 추천도서 ★대한출판문화협회 올해의 청소년도서 ★어린이도서연구회 청소년 권장도서

48. 찢어, Jean 문부일 지음

아르바이트, 집단 따돌림 등 청소년들이 공감할 수 있는 일곱 편의 이야기가 담겼다. 현실에 갇혀 사는 청소년들의 일탈을 유쾌하면서도 진정성 있게 담았다.

★아침독서 청소년 추천도서 ★한국문화예술위원회 우수문학도서

49. 불량한 주스 가게 유하순 외 지음

실수와 시행착오를 반복하다가 돌연 성장의 분기점을 지나는 청소년들의 '오늘'을 포착했다. 좌절과 반성의 언어조차 싱그러운 청소년들을 응원하게 만드는 네 편의 단편소설 모음.

★제9회 푸른문학상 수상작 ★아침독서 청소년 추천도서 ★네이버 북리펀드 선정도서

50. 신기루 이금이 지음

엄마와 엄마 친구들과 함께 몽골 사막 여행을 떠난 열다섯 다인이가 보낸 6일간의 여정을 통해 또 다른 생명의 고리로 순환되는 모녀 관계에 대한 고찰을 여행기 형식으로 그렸다.

★네이버 북리펀드 선정도서 ★서울시립어린이도서관 추천도서 ★아침독서 청소년 추천도서

51. 우리들의 매미 같은 여름 한 결 지음

섭식장애를 앓고 있는 모녀, 성추행, 보이콧 등 청소년들이 겪는 지독하게 뜨겁고 아픈 이야기가 담겨 있다. 청소년들이 자신 그리고 세상과 화해하는 여정을 솔직담백하게 그렸다.

★한국문화예술위원회 우수문학도서 ★네이버 북리펀드 선정도서

52. 모래시계가 된 위안부 할머니 이규희 지음

일본군 위안부로 끌려가 꽃다운 처녀 시절을 유린당한 황금주 할머니의 실제 이야기를 깁은비라는 소녀의 이야기와 엮어 액자 형식으로 쓴 소설로, 일본어로도 번역 출간되었다.

★국제펜문학상 수상작 ★학교도서관저널 추천도서 ★경기도교육청 추천도서

53. 까레이스키, 끝없는 방랑 문영숙 지음

소련의 강제 이주 정책으로 시베리아 횡단 열차를 탔던 17만여 명의 까레이스키들의 고난과 역경, 도전과 설움을 절절하게 그린 역사소설이다.

★한국문화예술위원회 우수문학도서 ★아침독서 청소년 추천도서 ★한우리가 선정한 좋은 책

54. 나는 랄라랜드로 간다 김영리 지음

기면증을 앓는 소년과 그의 가족이 게스트하우스를 사수하기 위해 펼치는 소동을 재기 발랄하게 그렸다. 절망 속에서도 웃으며 싸울 줄 아는 청춘의 싱그러운 맨얼굴이 돋보인다.

★제10회 푸른문학상 수상작 ★아침독서 청소년 추천도서 ★한국문화예술위원회 우수문학도서

55. 열다섯, 비밀의 방 장 미 외 지음

영혼의 도플갱어를 찾아 헤매는 외로운 청소년의 자화상이 네 편의 단편소설 속에 어우러져 있다. 청소년들의 내면의 목소리들이 조화롭게 어우러져 다양한 빛깔의 공명음을 들려준다.

★제10회 푸른문학상 수상작 ★경기도학교도서관사서협의회 추천도서

56. 눈썹 천주하 지음

암에 걸려 1년 4개월 동안 치료를 받던 열일곱 살 소녀가 일상으로 돌아온 뒤의 이야기를 담고 있다. 가족과 친구, 일상이 얼마나 가치 있는 것인지를 새삼 깨우쳐 준다.

★국립어린이청소년도서관 사서 추천도서 ★한국문화예술위원회 우수문학도서

57. 나는 지금 꽃이다 이장근 지음

청소년들의 삶을 제대로 들여다보고 마음을 헤아리는 시 창작 과정을 통해 나온 본격적인 청소년을 위한 시로, 삶이 점점 피폐해지고 있는 청소년들의 마음을 어루만져 준다.

★문화체육관광부 우수교양도서 ★경기도학교도서관사서협의회 추천도서 ★학교도서관저널 추천도서

58. 우리들의 사춘기 김인해 지음

겉으로 잘 드러나지 않는 소년들의 감성을 날카롭게 포착하여 진솔하고 강렬하게 그려낸 '소년들을 위한' 소설집. 표제작을 비롯한 여섯 편의 단편청소년소설을 담고 있다.

★한국문화예술위원회 우수문학도서 ★국립어린이청소년도서관 사서 추천도서

59. 여우 소녀 미랑 김자환 지음

조선시대 임진왜란 발발 즈음의 여수 지방을 배경으로, 구미호에게 아버지를 잃은 묘남과 구미호의 딸 여우 소녀 미랑의 애틋한 사랑 이야기를 담고 있다.

★새벗문학상 수상작가

60. 얼음이 빛나는 순간 이금이 지음

아이와 어른의 경계에서 몸살을 앓던 두 소년이 5년 뒤 전혀 다른 풍경을 띠게 된 각자의 삶을 응시한다. 우연으로 시작해 선택으로 이루어지는 인생의 내밀한 진실을 담았다.

★윤석중문학상 수상작가 ★학교도서관저널 추천도서

61. 택배 왔습니다 심은경 지음

질풍노도를 겪는 청소년과 그를 둘러싸고 있는 가족, 친구, 사회의 풍경을 세밀하게 그린 여섯 편의 단편청소년소설을 담았다. 건강하게 자립하고 따뜻하게 소통할 줄 아는 인물들의 모습에서 희망을 엿볼 수 있다.

★제10회 푸른문학상 수상작가 ★한국문화예술위원회 우수문학도서

62. 똥통에 살으리랏다 최영희 외 지음

팍팍한 사회 현실에 가로막힌 청소년들의 고민을 각기 다른 개성으로 그린 네 편의 단편청소년소설을 묶었다. 청소년 특유의 감성으로 부조리한 사회와 욕망을 관찰하고 풍자하는 이야기가 공감을 불러일으킨다.

★제11회 푸른문학상 수상작

*〈푸른도서관〉 시리즈는 계속 나옵니다!